KB192559

먼길 돌아온 손님처럼

이명주 수필집

오비올프레스

먼길 돌아온 손님처럼

먼길 돌아온 손님처럼

차례

3부

4부

해설

1부

우화하고 싶은 날들

나는 남편과 이른 봄부터 볍씨파종을 시작으로 소 겨울 먹이 옥수수를 파종하고 마지막 서리 내린 절기에 맞추어 고추를 심고 삼복더위를 여는 나리꽃이 피고 난 후에 배추씨와 무씨를 파종하면서 한 해를 살아냅니다. 그리고 중간중간 참깨와 들깨 녹두와 콩, 보리를 심기도 하지요. 무엇을 꾸준히 심기를 즐기는 남편은 문학모임입네 기타수업입네 하면서 외출을 서두르는 나와 팽팽한 신경전을 할 때가 더러더러 생기지요. 그때마다 남편은 꿩의 새끼마냥 도망갈 궁리만 한다고 눈매가 곱지 않지요. 날마다 해야 하는 목장일도 버거운데 남편은 수없이 일을 만들어요. 그리고 그 많은 종류의 씨앗들을 심어 푸짐하게 가꾸어 내는 솜씨가 남다르답니다. 그 일을 즐기는 남편은 이곳에 살 자격이 충분하다는 생각이

들지만 난 아무리 세월이 흘러도 이곳에서 이방인 같은 묘한 기분을 떨칠 수가 없습니다.

  하지만 나는 다른 재미를 가지고 있습니다. 남편과 함께 하는 일들을 어쭙잖은 글로 풀어냅니다.

무씨를 심고 솎고 물을 준다고
그 남자는 몇날 며칠을 무밭에서 살았다.
무밭에 그 남자만 보이더니
어느 날 부턴가는 그 남자는 한 점 무씨로 남고
푸른 무청만 보였다.

찰벼 넌은 하우스에 고래심줄 같은 낙하산 줄을
매고 덕장의 황태 말리듯이 무청의 물기를 말린다.

가장 비장하고도 장엄한 일은
밥을 먹고 살기 위한 노역임을
가을볕에 무청을 말리면서 알았다.

살아간다는 것이
고래심줄 같은 목숨 부지하는 일이
죽음보다 더 엄숙하다는 사실을
끝없이 사열한 무청군단을 보고서야 알았다.

아랫집 아저씨가 이른 봄부터 새까맣게 타버린 얼굴로 동네를 누비고 다니면 추장 맏아들 같다고 놀림을 받는데 나도 매한가지가 되어 외출이 자유롭지 못하지요. 그렇지만 일만 하고 살 수는 없고, 그 일을 해내기 위해서는 리듬이 필요하지요. 이곳에서 노동으로 살아내야 하는, 척박한 시간대에 머물지라도 내가 하고 싶은 그 문화생활이 필요했습니다. 두 가지 일을 성공적으로 해내자면 부지런해질 수 밖에 없습니다. 그래서 장안구청 기타반 수업이 있는 날은 긴장하지요. 깜깜한 새벽에 일어나서 목장 일을 끝내고 아침을 준비하고 숨가쁘게 30분쯤 차를 몰아 10시 수업에 참석하기 위해서 서둘러야합니다. 목적이 있는 하루는 계절과 상관없이 눈부시게 화사하지요.

치매노인들 그림을 지도하는 무료지도교사의 말이, 친정 어머니의 대책 없는 사건들에 지쳐가면서 어머니와 함께 그림을 그려보기 시작했답니다. 신기하게도 변기에 난장판을 만들던 그런 행위들이 어느 날인지도 모르게 없어지고 그림에 몰입하면서 이쁘게 치매를 거치게 되는 사실에 확신을 얻어 노인들을 모아놓고 그림지도를 하게 되었답니다. 그러면서 하는 말이 그림을 그리기 위해 자리에 앉는다는 것은 그 어떤 목적을 위한 행위의 시작이라는 것을 들을 수 있었습니다. 우리가 모여 기타의 음을 조율하고 좋은 소리를 찾아서 연습하는 그 행위는 우리들이 현의 울림으로 행복의 바이러스를 만들 수 있는 기타리스트의 자격을 획득한 것이라고 볼 수 있겠지요.

나의 이 몸짓은 무엇일까요? 가끔 그런 생각을 합니다. 벌레가 꿈틀꿈틀거리며 지상의 가시밭길을 오체투지의 몸짓으로 순례하는 형벌을 타고났지만 가시밭길을 차고 오르는 우화의 날들이 있지요. 우리의 몸짓도 고통의 시간을 허물로 두고서 즐거움과 행복이라는 변화를 만들어가는 준비의 시간은 아마도 날개를 달고 날아오르는 우화의 시간을 예비하고 있을 것이라는 믿음을 갖습니다.

제한속도를 유지하면서 먼 거리에서 달려와 매주 화요일 10시면 어김없이 3층 빛그림방 기타교실에서 반가운 사람들을 만나 기타조율을 시작으로 내 인생의 무늬도 함께 조율합니다. 아르페지오와 슬로락의 변화와 강약의 음정을 조절하며 현의 떨림이 공기를 진동하며 내 가슴에 던지는 그 파장을 좋아하지요. 내 인생의 무늬에도 그 파장이 기록되어 내 꿈 한 조각이 파랗게 빛이 나 있을까요? 그 빛은 내가 주저앉을 때마다 세상은 꿈꾸는 이들의 것이라고 속삭이겠지요. 내 꿈의 여정은 장안구민회관의 프로그램으로 완성될 것 같은 좋은 예감 하나 가지고 있습니다.

11월 마지막 토요일에는 작년에도 그러했지만 어김없이

올해도 수원시 시설관리공단에서 주최하고 장안구민회관에서 주관한 장안구민회관 평생교육원 축제를 장안구민회관 한누리아트홀에서 열렸습니다. 기타반은 박재만선생님의 지도를 받아서 사랑을 위하여, 목로주점 두곡을 연습하여 관중의 좋은 반응을 얻어 기대했던 만큼의 성공적인 기타공연을 마무리했습니다. 그날 15반에서 준비한 다양한 공연의 내용들은 교육의 여러 성과물로 빛났으며 한누리아트홀 506석은 관객으로 가득 찼습니다. 초등학교 시절의 학예회, 꼭 그날 같았지요.

경기수필문학에서 12월에 있을 출판기념회에 기타리스트의 자격으로 초대를 받았습니다. 초대받은 우리들은 화요일마다 장안구청 평생학습의 일환으로 진행되는 기타반 수업을 마치고 서둘러 조원동 벽산 아파트에서 부동산중개업을 하는 선배님의 사무실에 모여 연습을 합니다. 올 겨울내내 회색빛으로 가라앉은 도시의 우울을 걷어버리기 위해 우리는 아파트를 고고로 연주하기 시작했지요. 간혹 들어서는 손님들마다 카페에 들어선 기분이라고 박수를 치며 좋아합니다. 이럴 때는 정말로 기타리스트가 된 기분이지요. 여러 사람과 한 순간의 소통으로 음악은 세계 공통언어라는 말이 실감났습니다.

옷은 무엇으로 입을까? 까만 바지에 까만 구두에 흰색 블

라우스를 입자 그리고 그 위에 까만 자켓을 걸치면 어떨까? 우리는 입을 모아 의논을 합니다. 우리가 준비한 사랑을 위하여, 젊은 태양, 아파트를 모든 사람들이 함께 불러주겠지요. 그러면 우리는 신이 나서 우리들 실력이상으로 기타연주를 마칠 수 있을 거예요. 잘했다고 박수도 쳐 주겠지요.

 아하, 그날은 아마도 내 푸른 꿈의 한 조각이 파랗게 빛을 낼 거예요. 아무도 모르게 은밀히 겨드랑이에 날개가 돋아나서 푸르게푸르게 밤하늘을 날아 집으로 돌아올 거예요. 아마도 그 여자의 우화를 밤하늘의 별님만이 알겠지요.

세상에서 가장 아름다운 풍경 속을 걷다

한 겨울 눈 속에 갇혀서 갈 수도 올 수도 없는 절대고독의 날을 보내며 한 잔의 차를 마시고 싶었다. 한 겨울 고요 속에 조용히 머물고 싶었다. 끝내 부치지 못할 편지 한 장 비밀스럽고도 은근한 심장에 남아있는 말 한마디 찾지 못하고, 파지만 잔뜩 쌓여가는 겨울밤은 멀어졌다. 겨울밤은 저 혼자 깊어지고 사박사박 흰 눈 내리는 소리만 눈처럼 쌓이고 있을 때 부드러운 목소리로 광화문 연가를 들을 수 있는 겨울밤도 저만치 멀어졌다. '언젠가는 우리 모두 세월을 따라 떠나가지만 언덕 밑 정동 길에 아직 남아있는 눈 덮인 조그만 교회당'은 내 가슴속에 있지만 올 겨울 눈은 실종상태다. 올 겨울은 흐린 날이 며칠, 그러다가 비가 쏟아지곤 했다. 봄비처럼 소곤소곤 대다가 또 어떤 날은 여름날의 소낙비처럼 사정없이 직선으로 내리 쏟아지곤 했다. 그러다가 추적추적 가을비처럼 내려서 종잡을 수가 없었다. 이렇게 비만 내리는 올 겨울은 무색무취한 회색지대에서 낯선 손님처럼 엉거주춤 거리다 은근슬쩍 봄이 올 것 같다. 눈이 없는 겨울은 낭만도 없다.

늦은 밤 이런저런 생각의 고리를 물고 있는데 카톡 소리가 들린다.

'내일 지용소민 가도 될까요?' 아들한테 온 문자다. 지용과 소민은 지금 막 여섯 살이 된 쌍둥이 손주들이다. 주말이면 아들은 손주들을 데리고 본가를 찾아온다. 특별한 경우를 제외하고는 주말이면 어김없이 이곳을 찾아오는 반가운 손님이다. 아이들 엄마는 오랜만의 온전한 휴가를 하루 얻게 되고 아이들 아빠는 지적 능력을 높이기 위해 이웃도시에 있는 남양도서관으로 간다. 그러면 할머니 할아버지는 그날 하루 육아를 맡게 된다. 지용과 소민이도 이 일에 대한 이의를 제기하지 않는다. 이것은 오래전부터 지켜지는 우리 집의 불문율이다.

할아버지는 손녀를 번쩍 안고 동네를 한 바퀴 돌고 할머니는 손자를 업고 동네 이웃집을 다녀오기도 하면서 어설픈 육아를 시작했다. 그러다 아장아장 걷게 되면서 이웃집 토끼와 닭을 보러 마을 순례를 하기도 했다. 그러다 할아버지는 지용소민 〈동물농장〉을 우리 집에다 마련해 주었다. 소먹이를 먹기 위해 오는 비둘기들이 떼를 지어 날아오고 송아지와 염소, 토끼와 닭의 숫자가 늘어났다. 아이들은 먹이를 주면서 자연스럽게 동물을 알아가고 좋아하게 되었다. 지용소민은 어릴 때부터 도시와 시골을 주기적으로 드나들면서 이곳 풍경에 익숙해졌을 것이다. 그리고 할머니 할아버지에 대한 친밀함도 몸에 자연스럽게 배어 있을 것이다. 할아버지가 좋아 할머니가 좋아? 유치하지만 이렇게 물으면 손녀인 소민이는 망설이지 않고 할아버지가 좋다고 한다. 손자인 지용이는 할머니가 좋다고 곧바로 대답한다. 아마도 어린 아기일 때 주로 밀착됐던 몸의 좋은 기억의 소환일 것이다. 지용이는 자신이 듬뿍 사랑을 받고 있는 것을 아는 모양이다. 처마 밑 봉당에 털석 주저앉아 운동화를 벗으면서 "안 지용 왔습니다."하고 큰소리로 인사를 한다.

그 나이에 맞게 지용과 소민이는 유모차를 타기도 하고 씽씽카를 타기도 하고 네발 자전거를 타기도 하면서 우리 동네 길에 익숙해졌다. 그리고 날씨가 좋으면 조금 더 먼 거리로 나서기도 했다. 그럴 때면 데면데면 살아온 우리 부부가 할 수 없이 데이트를 하게 된다. "소민아 지용아 할머니하고 들에 나가보자"하고 큰소리로 말을 하는 것은 나에게 하는 말이기도 하다. 그러면 아장아장 걷는 두 놈을 한 사람씩 데리고 걷는다. 얼마가지 않아 힘이 약한 소민이는 할아버지 등

뒤에 엉겨 붙는다. 지용이는 남자라고 씩씩하게 들길을 한 바퀴 돌아 올 때까지 업어달라고 칭얼대지 않는다. 민들레 홀씨를 입으로 훅 불어 날려보기도 하고 노란 민들레꽃을 꺾어 소민이에게 건네기도 한다. 논물을 향해서 돌을 집어 들고 할아버지가 시범을 보인 그대로 흉내를 내본다. 그러다가 돌아오는 길이 멀어지면 소민이가 모기소리 만하게 조그맣게 말을 한다. "너무 멀리가면 엄마가 걱정을 할 것 같아요." 집으로 가고 싶다는 다른 표현이다. 그러면 우리는 지체 없이 소민이의 청을 들어준다. 그것으로 할머니와 할아버지와의 데이트는 다음으로 미루고 손자는 걸리고 손녀는 업고서 세상에서 가장 아름다운 풍경의 프레임 속에서 걸어 나온다.

우리는 나이를 먹어 더 이상 빛나지도 화사하지도 않고 얼굴은 주름지고 눈은 침침해지고 귀는 어둠과 밝음이 혼재하다가 다시 회복 할 수 없는 시간 속으로 걸어가게 될 것이다. 그럼에도 불구하고 늙어가는 시간까지도 위로받을 수 있는 것은 불가사의한 이름으로 온 우리들의 귀하고 어린 손님, 손주 때문일 것이다.

다시 오는 봄날에는 봄비 환하게 내리는 날 그 비를 함께 맞고 싶다. 지용과 소민이와 함께 노란 장화 신고 연두 빛 우비를 입고 흥건하게 젖어있는 들길을 걸어보고 싶다. 시간

날 때마다 짬짬이 우리들의 가장 아름다운 세상 풍경 속을
우리 손주들과 함께 느리게 느리게 걸어 볼 참이다.

바람이 오고 바람이 지나가고

우연히 뒷산에 올랐더니 윤기 나는 알밤이 툭툭 몇 알 떨어지고 있었다. 매년 이맘때면 떨어지는 알밤이지만 새로운 만남은 늘 신기하다. 내친김에 들깨 밭을 둘러보니 들깨 꽃이 하얗게 피어 있었다. 이런 저런 만남이 신선하다, 예기치 않았고 준비되어 있지 않은 만남이라 더욱 그러하리라.

억새처럼 서걱서걱 대는 가슴에 바람이 오고 바람이 지나 갈 때마다 내 마음의 깃발은 사정없이 흔들리곤 했다. 반란을 꿈꾸는 음모자처럼 가슴속에서 쉴 새 없이 일렁이는 바람을 느끼곤 했다. 도시에서 살지 못하는 소외감, 아무것도 되지 못한 홀로서기의 좌절, 똑같은 날 똑같은 모양으로 살아야 한다는 절망, 힘에 버거운 노동, 내가 감수해야할 모든 불이익에 대해서 반란을 꿈꾸는 음모자처럼, 뿌리내리지 못한 깃발의 흔들림으로 소리 없는 아우성을 치곤했다.

이제는 세월이 많이 흘렀고 어디에 있건 무엇을 하건 그것이 그리 중요한 것 같지는 않다는 생각이 든다. 오늘 순환되는 계절의 경이를 만나서 내가 할 수 있는 일에 인색하지 말고 최선의 삶의 사는 것이 현명하다는 깨달음이 온다. 사람 사는 세상은 어디나 다 마찬가지인 것이고, 얼마만큼은 고달프고 또 얼마만큼은 즐거운 것이 사람살이라는 생각이 든다. 우리 사는 이 세상, 아름다운 일회적인 삶에서 우리는 넉넉하게 한 순간을 살 수 있다. 그 순간에 만나는 아름다움, 이를테면 윤기 나는 알밤과의 만남이라든지 하얗게 핀 들깨꽃으로부터 새로운 경이로움을 느낀다. 행복이나 평화 같은 것, 따뜻한 가슴을 만나고 누군가에게 따뜻한 가슴이 되어주는 일은 사는 의미가 이만하면 충분하다는 생각을 한다. 이런 저런 조용한 설렘을 안고 산을 내려온다.

봄날은 간다

자연의 섭리에 따라 다시 봄은 왔지만 모든 일이 여의치가 않다. 지금까지 살아오면서 예측하지 못한 상황에 직면했다. 내 생전에 전쟁을 겪지 않은 세대라서 감사하면서 다행이라고 평생을 무슨 복권에 당첨된 것처럼 그 행운을 시도때도 없이 누리고 살았다. 우리나라는 아직 전쟁이 종식되지 않은 휴전상태로 살아가는 것을 때론 잊고, 아니면 안전 불감증을 지닌 채 나름대로 탄탄한 경제성장을 이루면서 일상이 그런대로 편안한, 매일 희망을 꿈꾸는 대한민국의 소시민으로 살아왔다. 아주 강도 높은 지진이나 일본의 쓰나미 같은 불가항력적인 큰 재난은 겪지 않았고 중국으로부터 모든 것에 불이익을 받았던 사드배치의 후폭풍도 잠잠해졌고 이제 좀 평화로운 봄날을 기대하고 있었는데 지금 봄날의 기운은 예사롭지 않다.

결국은 몸이 먼저 탈이 났다. 어느 날 갑자기 보철로 씌운 아랫니 두 개가 밥을 먹을 수도 없을 정도로 아팠다. 온전히 긴 하루를 견디다 임플란트를 하면서 자주 다니던 치과를 찾았다. 손님도 한산한 병원입구에 들어서자마자 열을 재기 시작한다. 열이 나면 내 안전과 타인의 안전까지 위협하는 분위기가 되어 버렸으니 초긴장 상태에 돌입한다. 겨울동안 맘대로 감기나 폐렴을 앓을 자유까지 박탈당한 계절을 조심스럽게 지나왔다. 내 차례가 오자 오랜만에 온 내게 무슨 힘든 일이나 스트레스 받은 일이 생겼는지 의사는 안부를 묻는다. 의사는 몸에 염증을 일으킨 것에 대한 있을법한 원인을 찾는 것이다. 그래서 난 코로나 때문에 피로가 누적이 되어서 아마도 그럴 것이라고 말을 했다. 의사는 호탕하게 웃으면서 너무 걱정하지 말고 정부에서 하라는 대로만 하면 된다고 했다. 내가 너무 소심한 성격인가 반성하면서 모든 사람들이 예측 불가한 엄중한 사태를 받아들이는 것도 각자 다른 것 같았다.

달이 태양을 가리는 개기일식 때 새까만 태양주위에서 후광처럼 하얗게 빛나는 부분인 코로나와 닮았다고 해서 붙여진 신종 코로나〈COVID19〉바이러스의 진원지는 중국 우한이었다. 중국 우한의 화난 도매시장과 관계되는 사람들이 처음으로 발병을 시작한 것이다. 2019년 12월부터 사람들이 감염이 되기 시작하여 중국 최대명절인 1월 24일부터 30일까지인 춘절기간동안 사람들의 이동을 막지 않았기 때문에 이렇게 전 세계적인 확산의 분수령이 되었다고 말할 수 있다. 12월 30일에 자신이 일하던 병원에서 이상한 문건을 발견한 한 의사는 친구들에게 문건의 내용을 알린다. 〈화난 수산물 시장에 사스 확진 환자 7명 발생〉이 되었다는 소문은 SNS를 통해 빠르게 폭발적으로 퍼지기 시작했고 유언비어를 배포한 죄로 34세의 안과과장이었던 의사 리원량은 체포되어 훈계서에 도장을 찍고 1월 3일 풀려났지만 2월 27일 결국 호흡기질환인 코로나19에 감염되어 사망하게 되는 일이 발생했다. 결국 그 젊은 의사의 죽음은 감추려고만 했던 시진핑정권의 희생자가 되고 말았다. 그 젊은 의사가 경고한 위험에 빠르게 대처했다면 WHO〈세계보건기구〉에서 전 세계적으로 퍼지는 팬데믹을 선언한 초유의 사태까지는 가지 않았을지 모른다.

이탈리아의 신문에는 생전의 모습을 담은 부고 란의 페이지가 매일매일 기록을 갱신하는 뉴스를 접했다. 세계각처에서 일어나는 불행한 일들이 도무지 현실 같지가 않다. 지금은 세계각처에 살고 있는 교민들이 전세기를 띄워서 한국으로 데려다 줄 것을 희망하는 청원을 보내오고 있다. 코로나 바이러스 해외유입이 현실화되는 시점이다. 다행하게도 적자를 각오한 중소기업이 대규모 진단키트를 개발하여 하루에 1만 7천건의 검사가 가능한 시스템을 만들었다. 질병관리본부는 긴급사용을 승인했고 그로 인해 능동적이고 즉각적인 검사를 실행할 수 있게 되었다. 그 진단키트로 인해 밀집된 종교행사를 가진 신천지교회의 폭발적으로 확산되는 감염자의 수를 확인해서 빠르게 대처할 수 있었던 것도 불행중에 다행한 사건이었다. 신천지교회 때문에 한동안 만연된 대구, 경북지역과 요양원에서 집단 발생되는 감염자의 수가 꾸준히 이어졌다. 이제는 우려했던 학원가에서도 감염되는 사례가 발생되고 있다.

삼월 초에 초등학교 입학을 앞둔 외손녀가 아직도 입학식을 못하고 있다. 준비한 가방과 새 옷은 그대로 있다. 아직 확실한 것은 아무것도 없다. 이제는 코로나발생 이전으로는 돌아갈 수 없다는 절망적인 예단이 나오고 있다. 불투명하고 불안한 시간만 속절없이 흘러가고 있다. 올해 여섯 살 된 쌍둥이 손주들은 어린이집이 무기한 연기되고 있는 바람에 집에만 있는 중이다. 가끔 바깥 출입을 할 때는 어김없이 마스크를 착용한다. 어린이집에서 교육을 철저하게 받은 때문인지 정확하고도 바르게 마스크착용을 하는 것을 보면 대견하고 측은하다.

지금쯤 벚꽃 흐드러지게 핀 거리거리마다 사람들로 넘쳐

나던 길은 쓸쓸하고, 맛난 음식냄새가 식욕을 자극하던 골목
길마저 한산하다. 강력한 사회적 거리두기, 뭉치면 죽고 흩
어지면 산다는 신조어들이 새로 생겨나면서 사람간의 물리
적 거리를 강조하고 있다.

"일상에서 이제 스스로 개인이 방역의 주체가 되어야 한
다."는 질병관리본부에서 전하는 뉴스를 듣고 스스로 개인
이 책임져야하는 무겁고 엄중한 현실은 큰 부담이 되었다.
아득히 낭떠러지로 떨어지는 무중력상태를 경험했다. 그렇
지만 우리는 함께 이 사태를 이겨내야 한다. 무거운 방호복
을 입고 환자의 앞에선 의료진의 용기와 당신의 희생을 응원
하며 우리 모두 두려움 없이 함께 봉사자가 되어야 한다. 한
마음이 되어야 이 고비를 빠른 시간 내에 넘길 수 있게 된다.

　모든 꽃들은 저 혼자 피고 또 스스로 질 것이다. 꽃은 피어
도 아무런 감흥도 설레임도 느낄 수 없다. 연분홍치마가 봄
바람에 휘날리는, 꽃이 피면 같이 웃고 꽃이 지면 같이 울던,
봄날이면 들을 수 있던 장사익의 노래는 간 곳 없고 속절없
이 하염없이 벚꽃 휘날리며 저 혼자서 그 봄날은 간다.

길 위에서

  모든 일에는 시작이 있고 그리고 끝이 있다. 그리고 중간 중간 매듭을 묶을 때도 있고 숨고르기를 한 후에 비장하게 묶었던 매듭을 다시 풀어야 할 때도 있다. 그리고 한숨을 쉬면서 인생을 이야기 한다. 두 길 위에서 내가 선택한 길 위의 인생을 이야기 한다.

  올 봄, 마당 한 가운데 자리 잡고 우뚝 서있는 수만송이의 목련꽃을 피우기 시작한 절정의 목련나무 밑둥을 잘라야했다. 나는 그 목련나무의 한 생을 쉽게 말할 수는 없을 것이다. 결혼을 해서 어린 목련나무가 마당 한가운데 있는 집으로 민들레홀씨처럼 안착을 했다. 우연인지 필연인지 나는 모른다. 세상의 인연은 알 수 없는 무엇에 의해 만남과 이별을 반복한다. 내 인생을 목련나무집으로 옮겨온 후에 시어머니의 환갑잔치를 풍악을 울리며 시끌벅적하게 했다. 온 동네 여자들이 마당에서 춤을 추고 환갑을 맞은 시어머니의 축하 잔치는 무르익고 있었다. 물이 담겨 있던 고무 통속에 빠져 버린 사람도 있었고 어린 목련나무 가지에 넘어져서 그때 한 가지는 부러져버렸고 남은 한 가지로 지금까지 잘 버텨준 목련나무다. 그 시절의 환갑잔치는 술과 풍악에 취해 온 동네 사람들이 질펀하게 놀았다. 시어머니는 금방 시집 온 며느리에게 보여주고 싶지 않은지 새댁인 나를 방안으로 밀어 넣고서는 방문을 닫아버렸다. 그 시어머니도 내 곁에 없고 함께 질펀하게 놀던 사람들도 모두 다른 세상으로 옮겨 가셨다. 한 세월이 깜빡 낮잠에 들다 깨어난 꿈같은 시간이다. 곤파스가 이곳 중부지방을 관통했을 때 뿌리째 뽑힌 것을 지주대를 세워 바로 세웠지만 이제 나무는 환갑을 맞은 듯했다. 내 인생과 오랫동안 함께한 목련나무가 태풍이 불때마다 흔들린다. 더 이상 목련나무를 지킬 수 없다는 판단을 했다. 가장 화사한 목련꽃을 달고 있을 때 내겐 특별했던 목련나무의 밑둥을 잘라야했다.

　화사한 봄날에 설레던 바람을 잠재우고 조용히 누워버린 거목의 끝을 보면서 생각했다. 그 만큼의 꽃 피웠던 시간을 누렸으면 이젠 됐다. 할 수 없을 땐 겸허하게 그 시간을 받아들여야 한다는 비장한 각오로 그 시간을 받아 들였다. 어느 날 예고 없이 받아들여야 할 그 시간이 죽음일지도 모른 다는 생각을 동시에 했다. 목련나무의 마지막 시간에 나는 내 인생의 마지막 시간이 오버랩 되었다. 내 마지막 시간도 '이젠 됐어, 이만하면 충분해.' 그리고 혼자 조용히 중얼거릴 지도 모르겠다.

그 비장한 각오의 시간을 나는 다시 맞게 되었다. 2020년 7월 6일 월요일에 생명줄이라고 꼭 붙잡고 있던 목장 일을 접었다. 나이 들어 힘에 버겁기도 했지만 도시바람에 밀려 입지가 좁아진 축산업이 어려워진 탓이다. 이제 아이들도 장성하여 각자의 길로 들어섰고 우리도 직진의 길에서 우회전을 하면서 다른 풍경 속으로 들어가 볼 시간이 되었다. 오랫동안 습관처럼 해 오던 노동의 시간은 아이들을 잘 키워냈고 비교적 안정적인 삶의 패턴 속에서 안주할 수 있었다. 다른 길 위에서 뒤를 돌아보면 참 감사한 시간이었다.

이른 아침, 목장에서 일하는 그 시간에 맞춰 그 허전한 마음을 둘 곳 없어서 무조건 자전거를 타고 남편과 함께 길을 나섰다. 아침시간에 절대 나서지 못했던 그 시간에, 가지 못했던 풍경 속으로 들어갔다. 아무도 없는 조용한 들길, 원시의 시간이 선물처럼 그곳에 있었다. 새벽시간은 침묵의 시간이기도 했다. 우리의 기척에 놀란 새벽의 시간이 부스스 깨어났다. 온갖 야생화가 피어있고 먹이활동을 하던 새떼들이

푸드득 날아오른다. 오월에 모심기를 끝낸 논에서는 벼 포기들이 들판을 가득 채우고 있었다. 아카시아 꽃 밤꽃의 향기는 사라졌지만 야산자락에 망초 꽃이 하얗게 무리지어 피어 있었다. 참깨 꽃이 한창이고 고구마순이 한껏 가지를 뻗어 자신의 영역을 넓혀 가는 중이다. 고추가 실하게 달려있는 고추밭을 지난다. 아직 장마가 오지 않은 칠월의 중순, 그 틈새를 놓칠 새라 비워진 밭에 들깨모종이 심겨진다. 자전거의 페달을 밟아 직선 길을 지난 굽어진 농로를 달린다. 모심기가 끝난 논둑에 모판이 담겨진 그대로 버려진 모판상자들을 보면서 게으른 논 주인이 궁금해진다. 그와는 반대로 논둑을 예취기로 이발한 듯 말끔하게 제초한 옆 논의 주인을 생각하면서 농부의 각자 다른 성격에 혼자 웃고 말았다.

매일 그 시간이면 같은 코스를 돌기도 하고 방향을 다른 곳으로 돌려 새로운 아침풍경을 만나기도 한다. 한 시간쯤 남편과 자전거 순례를 하면서 마음이 머무는 곳을 사진에 담기도 하고 새로운 나무의 종에 대해서 야생화에 대해서 묻기도 하고 답을 하면서 남편과 눈높이도 맞추고 마음도 맞춘다. 참 오랜만에 우리는 새로운 세상의 길 위에서 따뜻해졌다. 매일매일 아침 풍경은 달라져 있을 것이다. 새로운 꽃이 피어날 것이고 어제 보았던 친숙한 생명체들이 사라질 수도 있겠지만 난 이 길 위의 것을 사랑하게 될 예감이 든다. 장마가 오면 끝도 없이 이어진 농수로에 물이 가득 차게 될 것이고 아침마다 온갖 새떼들이 날아오를 것이다. 그 수로 옆 수초들은 점점 더 억새지고 무성해질 것이다. 장마가 끝난 후에도 물을 가득 품은 수로는 아침안개를 품고 몽환적인 원시의 시간으로 거슬러오를 것이다.

 오래시간 밥을 벌어먹기 위해 묵묵히 버텨온 고단한 시간을 접고서 난 참으로 오랜만에 느린 시간 앞에 서 있다. 지금까지 살아보지 못한 자전거 바퀴를 굴리며 느린 시간 앞에 경건해진다. 노동의 시간에서 나는 최선을 다했고 길 위에서 난 지금 한 편의 그림을 그리고 있다. 아침마다 자전거 바퀴를 굴리면서 가슴 한 가득 안겨오는 자연의 정원을 품는다. 내가 한 번도 살아보지 못했던 느림의 미학을 온전히 자전거 바퀴에 맡겨 볼 생각이다.

 안전거리를 확보하면서 날 따라오는 남편의 실루엣은 지금까지 그려보지 못했던 첫 번째 풍경이다.

나리꽃은 지천으로 피어나고

올 여름은 도저히 납득이 되지 않는 불볕더위가 계속되었다. 집 밖으로 발을 내딛는 순간 찜통 같은 더위를 감당할 수 없는 내 몸이 본능적으로 화들짝 놀라서 집안으로 들어와야 했다. 여름철이면 한 줄기 시원하게 내리는 소낙비도 없고 아침부터 저녁까지 불볕더위만 계속되었다. 어느 날 경주는 39.6도, 어느 날의 영천의 기온은 39.8도 까지 올라가면서 브라질 리우 올림픽 기록처럼 매일 갱신되는, 폭염이 계속되었다. 우리 집은 지하수가 끊긴 지 오래됐고 소들은 수돗물을 먹으면서 하루하루 견디고 있었다. 우유생산량도 뚝 떨어져서 서울우유조합에 공헌도가 없어지니 사료 값을 제하고 나면 내주머니도 새털처럼 가벼워졌다. 우리 집 소들과 이 더위 속에서 온 힘을 다해 견디고 있는 모든 살아있는 생명 있는 것들에게 무한애정을 보낸다.

여름날의 열기를 고스란히 받으면서 말괄량이 삐삐처럼 주근깨를 다닥다닥 달고서 나리꽃은 지천으로 피어났다. 뒷마당 가득 피어난 나리꽃은 안방에서 마루에서 바로 볼 수 있었고 멀리 창문 너머로 무리지어 피어있는 나리꽃의 향연은 불볕더위 속에서 어느 해보다 더 짙고 화사했다. 이 기록적인 더위를 감당할 수 없어 내 몸의 물기는 서서히 말라가면서도 눈 두는 곳마다 지천으로 피어나는 나리꽃을 보는 일은 그나마 더위를 견디게 해주는 사치스러운 시간이었다.

카테리니행 기차는 8시에 떠나고 비밀을 품은 당신은 영원히 돌아오지 못하는 어느 낯선 기차역에서 아픔을 간직한 채 앉아만 있는, 떠나는 자와 남은 자의 아픔이 있는 "기차는 8시에 떠나네"의 조수미의 노랫가사처럼 살면서 살아오면서 함부로 애틋하게 은근하고도 따뜻하게, 이런 현실감 없는 대치된 상황들이 다시 숨을 고르고 살아가게 만드는 알 수 없는 힘을 가지고 있다. 한 밤중에 홀로 깨어 노트를 뒤적이다가
"그대여 오늘은 첫눈처럼 살았으면 좋겠다 설레고 고마운 오늘의 첫눈처럼 누군가에게 소식을 전하고 싶다." –이정하–
그래도 이 더운 여름 끝에서 이정하시인의 첫눈에 대한 소

회를 느닷없이 마주하면서 잠 못 이루고 깨어있는 시간이 오히려 감사한 시간이 되었다. 폭염을 견디며 온전히 내 시야에 머물며 창밖에 피어있던 나리꽃처럼, 이정하시인의 첫눈을 맞으며 그 설레임을 차용해보는 고적한 한 밤의 사치처럼, 함부로 애틋하게 은근하고도 따뜻하게 다시 살아갈 수 있는 힘을 얻는다. 비밀을 품은 열쇠처럼 비현실적으로 선물처럼 내게 온 이런 것들이 든든했고 나름 단단해진 시간이었다.

올 봄 마당 한 켠에 목련꽃이 흐드러지게 피어있던 그 밤에도 나는 비현실적인 일로 설레었다. 느닷없이 멀리 살고 있는 초등학교 친구로부터 연락이 왔다. 거두절미하고 부탁을 꼭 들어줘야 한다고 못을 박았다. 내가 들어 줄 수 있는 부탁이면 그래야겠다고 생각을 했지만 난감했다. 그 친구는 오매불망 희망하던 며느리를 보게 됐다. 그 설레임을 담은 편지 한 장을 써서 며느리 손에 건네고 싶은 간절한 마음으로 책상 앞에 앉았지만 며칠 내내 한 자도 시작하지 못하다가 궁여지책으로 나한테 전화를 걸어왔다. 편지 한 장 써서 결혼식 안에 보내달라는 전화를 받은 것이다. 그도 그럴 것이 편지 한 장 써 볼 여유 없이 사방팔방으로 뛰어다니면서 제법 단단한 기반을 마련하느라고 감성적인 감정과는 별개로 살아왔을 터였다. 아주 절박하고 애절하게 부탁을 해왔다. 글쎄, 내가 어떻게 네 부탁을 들어 줄 수 있을까? 아니면 어떻게 네 부탁을 거절할 수 있을까? 참 난감했다. 생각할수록 난감했다. 그 전화를 받은 며칠 후면 나는 예식을 보기 위해 기꺼이 기차를 타야할 것이고 그 부탁의 무게를 날려 버리고 가볍게 떠나기 위해선 그 부탁을 들어줘야했다. 대한민국 법 치국가에서 큰 죄가 되지 않는다면 난 그 일을 비장하게 감 행해야 할 것이었다.

 목련꽃 흐드러지게 피어있는 한 밤중에 난 비밀스런 편지 의 서두를 쓰기 시작했다. 그리고 그 밤 안으로 서둘러 그 비 밀의 편지를 마무리해야 했다. 적어도 그 친구는 나를 믿었 을 것이고 난 그 믿음에 마침표를 찍어줘야 했다. 그 다음 날 밤 새 쓴 편지글을 핸드폰으로 찍어 전송했다.
 "친구야, 네가 보낸 편지글을 내가 다시 옮겨 우리 며늘아 기한테 전했거든. 우리 마누라는 왜 그런 일을 하느냐고 나 를 핀잔하지만 난 꼭 그러고 싶었어. 우리 며늘아기가 그 편 지를 읽고 감동해서 눈물이 나왔단다. 친구야 , 이 편지 사건 은 죽을 때까지 너하고 나하고의 비밀이야. 누구한테도 말하 면 절대 안돼. 그리고 내 부탁을 들어줘서 너무 고마워, 우리 예식장에서 보자."

 며칠 고민하다가 내 며느리한테처럼 절실한 기분으로 쓰 면 되겠지. 시아버지 입장이나 시어머니 입장이나 사랑을 담 아 전하는 마음은 마찬가지일 테니까 한 번 해 보자고 마음을 단단히 먹고 그 밤 목련꽃 피는 밤에 난 비밀스러운 편지를 썼다. 죽을 때까지 지켜내야 할 비밀스러운 편지글을 썼다. 지금 생각해보면 그건 잘 한 일이라고 생각한다. 그 친구를 위해서가 아니고 나를 위해서도 필요했다. 조수미의 카테리니행 기차 대신에 나는 비밀을 품고 목련꽃 닮은 신부를 보기위해 남도의 도시로 기차를 타고 떠났다.

　짧은 듯 긴 듯한 한 세상을 살아내면서 우리는 많은 비밀을 갖게 된다. 목련꽃 핀 봄밤처럼, 한 여름의 나리꽃처럼, 조수미의 11월의 카테리니행 기차처럼, 이정하의 첫 눈처럼, 때론 따뜻하게 때론 온유하게 그 비밀을 간직한 채 비현실적이어서 더 아름답고 가치 있는 것들은 고단한 우리 삶을 어루만지고 품어준다.

부치지 못한 편지

좋은생각 발행인 정용철님께

안녕하세요? 우연한 기회에 『좋은 생각』을 만나는 행운을 얻었습니다. 망설이지 않고 1년 구독을 신청했지요. 가장 선하고 부지런하고 겸손하고 아름답게 사는 사람들의 얘기가 읽는 사람들에게 전염되어 밝은 세상 만들기에 일조를 하시는 발행인께 감사함을 전하고 싶어 글 드립니다. 「사진으로 보는 생각」 란은 항상 읽을 때마다 잔잔한 감동을 주더군요. 특히 계절에 맞춰 신선한 사진들과 그 사진들이 다시 엽서로 만들어지는 환상적인 사건들이 매력적입니다. 열심히 사랑하는 사람들의 이름을 적어 보냅니다. 약속처럼 틀림없이 엽서 꾸러미가 배달되어지는 좋은 생각사에 대한 믿음이 쌓여갑니다. 특집 예고를 보고 글도 보내곤 합니다. 친구이야기 특집에 실리는 행운을 얻기도 했습니다. 도종환 시인의 옆 페이지에 제 글이 실리는 행운을 얻기도 했습니다. 실리든 그렇지 않든 책을 보내주심도 얼마나 감사한 일인지요. 최선을 다해 자기 몫을 충실히 사는 아름다운 사람들의 얘기는 타인에게 귀감이 될것입니다. 화제의 뒷얘기도 읽을 만합니다. 보여 지는 것과 그 이면도 함께 생각할 수 있는 시간을 주었습니다. 재미있어 혼자 킬킬 웃기도 하다가 또 눈물을 손등으로 닦으면서 훌쩍이기도 하지요. 책을 받고 며칠 내로 금방 읽어 버리고 다시 또 한 달을 목을 빼고 기다립니다. 책을 읽는 재미가 쏠쏠 합니다. 나도 이런 조용한 음악처럼 흐르는 글을 만들어 보고 싶습니다. 일상에서 나오는 그런 따뜻한 글 말입니다. 나도 일상 훌훌 털어 버리고 마음 닿는 찻집에 내려 펄펄 눈 내리는 창밖을 보면서 어두워지는 저녁시간 절벽처럼 버티고 서있는 외로움에 대해서 깊이모를 서글픈 우울에 대해서 오래 생각해 보고 싶습니다.

얼마 전 친구로부터 편지를 받았습니다. 루 살로메의 나의 누이여 나의 신부여란 책이 책방에 잘 보이는 위치에 선을 보이던 그 때쯤. 아내가 나의 신부이기도 나의 누이 같기도 하다는 참으로 괜찮은 남자를 만나 딸과 아들과 수채화 그림처럼 살고 있는 친구에게서 편지가 왔습니다. 언니가 암으로 얼마 남지 않은 생을 살고 있는 현실에 대해서 감당할 수 없는 아픈 연민을 담은 글을 보내왔습니다. 내 큰 형부가 예순도 되기 전에 암으로 유명을 달리 하셨고 둘째 형부가 위암 수술을 받았고 둘째 올케가 유방암 수술을 받았지요. 내 형제들이 배우자로 인해 받았을 고통의 무게를 생각해 보았습니다. 생과 사가 바로 이웃해서 실체와 그림자처럼 그렇게 함께 있다는 생각을 해봅니다. 산다는 그것이 한 바탕 꿈처럼 허망해 집니다. 어느 날 감기처럼 보이지 않는 바이러스로 내 이웃을 소리도 나지 않게 손목을 잡고 사라집니다. 그 사람이 얼마나 선하게 아름답게 열심히 살아왔는지 그 사람의 존재가 얼마나 귀한지 그런 건 아무 소용이 없나봅니다. 그래도 남은 사람은 살아야겠지요. 피붙이의 죽음을 곁에서 보면서 그냥 그대로 비정한 시간을 그대로 받아들이는 것, 견디는 것, 그것만을 할 수 있는 인간의 나약함을 생각했습니다.

힘든 목장일, 그것도 모든 것을 얼어붙게 하는 추운 겨울에 하루도 쉴 수 없는 삶의 현장에서 좋은 생각을 읽다보면 힘이 생깁니다. 불현 듯 좋은 느낌으로 편지를 보내고 싶은 좋은 생각이 들어 실천을 해 봅니다. 좋은 생각이 아무 사고 없이 오래도록 발행되어 작은 변화로 시작해서 사람 사는 냄새가 나는 따뜻한 사회 살맛나는 세상이 될 수 있도록 수고해 주십시오. 매달 많은 독자들이 정용철님의 글을 기대합니다. 그리고 희망을 갖습니다. 이 추운 겨울이 지나면 따뜻한 봄이 올 것 같은 희망을 좋은 생각에서 가져봅니다.

2부

그 해 겨울

　팔 하나를 깁스한 남편과 부실한 장남과 철없는 아내
가 한집에서 겨울을 보냈습니다. 참으로 춥고 쓸쓸한 겨울이
었습니다. 남편이 작은 집 제사에 갔다가 뚜껑을 덮지 않은
맨홀에 발을 헛디뎌 빠지면서 잘못 짚은 손은 내 불행의 시
작이었지요. 참 힘이 들었습니다. 두 달 후에 깁스를 풀게 된
답니다. 얼마쯤 지나니까 조금 편안해졌습니다. 불편함을 인
정한다는 것, 있는 그대로의 현실이 받아들여지는 자연스러
움을 경험했습니다. 어느 새벽에 불편한 몸에 감기몸살까지
와서 끙끙 신음을 하는 남편을 보면서 그 새벽에 잠이 깨어
철없는 아내는 엎드려 울었지요. 힘들다고 화를 내면 그 화
를 받아 주어야 하는 상대가 강하지 못하고 약해 있는 상태
가 나를 힘들게 했지요. 그래서 참으로 막막했습니다. 화를

받아줄 상대가 있다는 것이 얼마나 위안이 됐는지 그것을 알았습니다, 울 수 있는 것도, 그것도 사는 힘이 될 수 있음을 알았습니다.

　오늘 문득 마음 닿는 찻집에 내려 펄펄 눈 내리는 창밖을 보면서 갈 곳 잃은 나그네이고 싶어집니다. 메모지 한 장 얻어 글을 쓰고 싶기도 합니다. 어느 날부터인가 글이 씌어 지지 않았지요. 옛날엔 참으로 겁도 없이 무슨 얘길 그리도 길게 썼을까 참 신기했습니다. 그때는 마음이 순수했을지도 모른다는 생각, 사슴의 눈처럼 내 눈도 맑았을지도 모른다는 생각, 봄밤에 내리는 가랑비처럼 그렇게 속살거리고 싶은 마음이 내 안에 꿈결처럼 흘러 내렸을지도 모른다는 그런 생각을 해 보았지요. 눈 내리는 찻집에 앉아서 절벽처럼 버티고 서 있는 외로움에 대해서, 깊이 모를 우울에 대해, 눈처럼 떨어져 녹아버린 내 젊은 날의 흔적을 기억해 보고 싶네요. 어느 새벽 이른 잠에서 깨어 엎드려 울어버린 알 수 없는 심연, 그 깊이 모를 아픔에 대해서 생각해 보고 싶습니다.
　눈은 내리고, 눈이 내리는 날은 어디든지 떠나고 싶은 마음을 꾹꾹 눌러 달래면서 산다는 일은 견디는 시간이라는 체험을 이 겨울에 해 보는 것입니다.

미로의 출구에서 본 세상은 아름다웠다

얼마 전에 농협공제로 인해 건강 검진을 받게 되었다. 아침을 굶고 차에 오르면서도 기분은 개운하지 않았다. 검사를 위해 피를 뽑으면서 가슴 촬영을 위해 진찰대위에서 오징어포처럼 납작하게 가슴이 압축을 당하면서 병원은 다시 못 올 곳이라고 생각했다.

얼마 후에 검강 검진 결과가 우편으로 배달되었는데 이런저런 일로 늦은 밤에야 검사 결과표를 보게 되었다. 예견했던 대로 가슴촬영에서 유소견이 나왔다. 다시 건강검진 센터를 방문하든지 가까운 병원에서 정확한 검사를 요한다는 내용이었다.

얼마 전부터 내게 불안한 징후가 찾아왔다. 그것은 느낌으로부터 왔다. 뭔가 내 몸에서 모반을 꿈꾸는 은밀함이 전해져왔다. 때로는 강하게 때로는 약하게 지진과도 같은 흔들림으로 이상 징후를 느꼈다. 어느 날에는 가슴 중심부를 향해서 연어 떼가 폭포를 거슬러 오르는 강한 흐름을 느끼는 날도 있었다. 왜 연어 떼의 흐름이라고 생각했는지 모를 일이지만 그런 느낌이 들었다. 또 어느 날은 간헐적으로 섬광처럼 짧고도 깊은 통증을 느끼는 날도 있었다.

며칠 망설이다 다시 건강검진 센터를 찾았다. 담당의사는 촬영된 사진을 보면서 설명을 했다. 전체적으로 구름이 잔뜩 낀 듯 불투명함만으로 뭐라고 속단하기 어려우니 다시 날짜를 잡아 정확한 검사를 하자고 했다. 검사 자료를 가지고 그곳을 나와 성빈센트 병원으로 향했다. 복도에는 나와 닮은 사람들이 자신의 이름이 호명되길 기다리고 있었다. 자신이 어찌하다 이곳까지 흘러 와야 했는지 알지 못하겠다는 불안한 표정들이 그곳에 있었다.

몇 번의 예약과 상담이 반복된 후 촬영실에 들어간 날, 나보다 앞서 촬영을 하고 옷을 입고 있는, 여러 번 복도에서 마주쳤지만 얘기 한 마디 나누지 못한 낯익은 얼굴이 나를 슬프게 했다. 촬영실에 누운 날은 바깥 날씨보다 마음이 더 시려왔다. 가슴에 젤을 잔뜩 바른 후에 말없는 촬영기사는 사진만 찍어댔다. 촬영 중 육안으로 보이는 수상한 곳에서는 삐이삐 기계음을 내면서 멈추고 찍고를 여러 번 반복했다. 그럴 때마다 내 몸 속은 내 의지와는 무관하게 촬영기사에 의해 노출이 되고 있었다.

　며칠 후 난 그 복도에서 촬영결과를 듣기 위해 대기하고 있었다. 머리를 짧게 깎고 모자를 푹 눌러 쓴 암 투병중인 젊은 여자도 있었고 수술 날짜를 받기 위해 온 사람과 검사 결과에 얼굴빛이 하얗게 질려 허탈해진 사람도 있었다. 유방을 절제한 환자가 인공유방을 갖기 위해 상담 차 온 환자도 있었다. 위로하는 남편도 있었고. 같이 어쩔 줄 몰라 하는 가족도 있었다.

　생명으로 태어난 이상 환경적인 요인으로든 체질적인 요인으로든 질병으로부터 자유로울 수는 없다. 다른 사람이 병을 갖듯이 물론 나라고 예외일 수는 없다. 나도 그럴 수 있다고 생각하자. 어떠한 결과라도 겸허히 받아들이자. 지금까지 내 삶에 대해 최선이라고 생각하면서 살아 왔듯이 최악의 결과에도 순응하면서 최선을 다해 보자. 주어진 조건에서 최선을 다해 볼 일이다. 해일처럼 일어나는 혼돈과 갈등이 폭풍처럼 지나간 후 내 가슴에 평정이 찾아왔다.

　문은 열렸고 담당의사는 안도하는 눈빛으로 나를 맞았다.

내 몸에서 모반을 꿈꾸는 은밀한 정체에 대해 얘길 했다. 양쪽 가슴 중 한 쪽은 3곳 다른 한 쪽은 2곳에 볼펜 알 크기의 덩어리가 생겼다고 했다. 의심의 정체가 볼펜알만한 덩어리라니 가소로웠다. 그 조그만 의심의 덩어리가 깊은 통증까지 주었다니 쉽게 생각할 일도 아니었다. 병명은 유선증이라고 했다. 체질적으로 생길 수 있는 병이라고 했다. 크게 걱정할 일은 아니고 치료를 해 보자고 했다. 환하게 안도할 가족의 얼굴이 스쳤다.

나는 다시 씩씩하게 살아 내야할 유예기간을 얻었다.

눈이 녹을 때 쯤 바다로 간 연어가 단풍이 물들기 시작할 쯤에 팔천킬로미터나 떨어진 북태평양 배링해에서, 알을 낳기 위해 상처투성이의 몸으로 강원도 양양에 있는 남대천 자신의 고향인 강으로 돌아온다는 연어. 그 연어의 힘찬 물살 가르는 도도한 흐름처럼, 내가 가고 있는 반대 방향으로 쏟아져 나오는 퇴근길 차량들의 도도한 흐름이 마치 연어 떼처럼 아름다운 유영을 하고 있었다.

서해안 궁평리 솔밭 해수욕장으로 지는 일몰이 참나리꽃이 무더기로 핀 듯 주홍빛으로 타고 있었다. 그것은 미로의 출구에서 바라본 또 다른 아름다운 세상이었다.

감자꽃은 보라색

봄이 오면 제일 먼저 심는 작물이 감자다. 농부들은 겨울 내내 굳어진 몸 풀기로 안성맞춤인 감자 심는 일을 시작한다. 그 일을 시작으로 소독약 풀어 볍씨를 담그고 본격적인 농부의 몸짓이 바빠진다. 그맘때면 봄비가 한 차례 쏟아지고 흐드러지게 핀 목련꽃도 함께 쏟아져 내린다.

농협직원이 수미감자씨 한 박스를 둘러매고 온 날에 벌써 내 마음은 보랏빛 감자 꽃부터 피어났다. 준비된 감자 씨를 따뜻한 곳에 며칠을 두면 도깨비 방망이처럼 싹이 난다. 잘 틔운 감자 싹을 몇 등분으로 나눠준다. 매년 이 일은 내 몫이 되었다. 너무 쪽수를 많이 두면 밥이 적어 새순은 나올지라도 감자알을 키워내지 못하고 감자순만 키우다 만다. 예전에는 자른 단면을 재에 묻혔다가 심기도 했지만 요즘은 재를 만드는 일이 수월하지 않아서인지 그 일은 생략하고 그냥 곧바로 심는다. 아마도 감자 단면의 상처를 보호하는 차원에서 재를 묻힌 것 같다. 감자 씨는 여러 종류가 있지만 쪄서 먹는 용도에 맞는 남작과 요리해서 먹는 용도로는 수미감자 씨가 대표적이라고 할 수 있다. 우리는 매년 수미감자 씨 한 박스를 심는다. 심을 때는 막내 시누이 부부와 함께 공동 작업을 한다. 감자 심는 일은 노동을 한다는 의미보다 부모님산소 밑에서 가족이 함께 한다는 의미에 더 비중을 두는 행사가 되었다.

집과 이어진 얕은 뒷산에 어머님과 아버님은 합장을 했다. 시부모님 산소 밑에 감자 한 박스 심을 만큼의 면적을 일구어 매년 감자를 심는다. 그 감자밭에 햇볕도 쏟아지고 비도 내리고 바람도 지나간다. 감자밭을 둘러싸고 한 철 아카시아 꽃도 피고 밤꽃도 흐드러지게 핀다. 꽃이 뿜어내는 달콤한 향기는 온 산에 진동하고 그 한 철의 호사에 벌들은 바빠진다. 감자밭 주인의 발소리보다는 온갖 새소리와 산토끼와 고라니의 발자국 소리와 가끔씩 내리는 빗소리를 듣고 감자알은 토실토실 여물어갈 것이다.

감자 심는 일이 거의 마무리 될 즈음 지인의 결혼식 참석으로 한참을 늦은 막내 시누이 부부가 급하게 산에 올라왔다.

이쯤에서 나는 점심준비로 산을 내려가면서 올해 감자알이 실하게 달려서 형제들이 수확의 즐거움을 맛보게 하고 싶다는 생각이 간절해진다. 머지않아 보라색 감자꽃은 흐드러지게 피어날 것이고 남편과 나는 이제 막 네살 된 쌍둥이 손주들을 안고 걸리면서 이 산을 올라 감자꽃 천지인 세상을 보여줄 것이다. 그러면 제법 말을 잘 하는 손녀가 그럴 것이다.

"내가 좋아하는 보라색 꽃이네"

감자꽃 지면 감자알이 땅속에서 굵어질 것이고 갑자기 느리게 가던 시간이 빨라져 부산해질 것이다. 장마는 시작될 것이고 서울에서 앞서거니 뒤서거니 서둘러 내려온 큰 시누이 부부와 막내 시누이 부부와 힘을 합해 감자 캐기에 바쁠 것이다. 남편은 감자알은 뒷전이고 오랜만에 만난 가족들과 이야기 풀어내기에 바쁠 것이다. 그 재미를 포기할 수 없어 다시 감자 씨를 슬그머니 준비한 남편의 속내를 알기에 나도 기꺼이 점심준비를 하러 서둘러 내려가는 참이다. 얼마나 좋은가! 지금은 봄봄봄, 바야흐로 감자 심는 계절이다.

며느리 김연수에게 보내는 편지

우리 모두 함께 살고 있는 세상에 연수가 같이 있어서 참 좋은 날이다. 네가 살아서 우리 곁으로 돌아와 주었으니 매일이 기적 같은 날이다. 그렇지 않았으면 내 인생도 그 자리에서 끝이 났겠지. 살아도 산 것 같지 않은 세상을 살아가게 되었을 거야. 네가 나를 살렸고 친정가족을 살렸고 너를 사랑했던 모든 사람을 살렸고, 특히 네가 이 세상에서 가장 사랑하는 쌍둥이 지용이, 소민이를 살렸다. 특히 네 남편이 어깨 펴고 목소리 높이면서 건강하게 가족들 먹여 살리기 위해 땀 흘리는 평범한 가장의 자리에 있게 해줘서 감사한다.

네가 병원에서 의식 없이 누워만 있던 참담하고 참혹한 시간에 시아버지하고 나는 매일 아이들을 보고 왔다. 처음에는 아이들 생각을 할 수도 없었다. 네가 바람 앞에 등불처럼 막막한 시간을 보내고 있었으니까, 그때는 바늘구멍 들어갈 여지도 없었었지. 매일매일 반복되는 대책 없는 시간과 힘겨루기를 하고 있었다.

　무의식의 저편에 연수를 사랑했던, 그리고 연수가 사랑했던 따뜻한 기억들이 에너지가 되어 조금씩 조금씩 너의 차가웠던 피를 따뜻하게 돌게 하지 않았을까 하는 그런 생각이 들더구나. 그리고 네가 사랑하는 새끼들을 품어야한다는 강한 의지가 너를 살려내지 않았을까 하는 생각도 했다. 이제는 마음이 놓인다. 네가 아이들 자라는 것 볼 수 있겠고 네가 아이들의 따뜻한 어미로서 아이들을 품는 것을 볼 수 있게 됐으니 이제 안심을 해도 될 것 같다. 옛날부터 새끼 낳을 땐 목숨 내놓고 아이를 낳는 것이지만 이제는 세상이 좋아져서 그런 걱정은 안 해도 될 줄 알았지 이런 큰일을 겪게 될 줄은 생각도 못했구나. 네가 고생했던 아픈 기억들은 아이들을 키우면서 따뜻하게 위로받고 치유되길 희망한다. 세상 살면서 가장 가치 있고 의미 있는 일은 내 새끼 보듬어 키우는 일이라는 생각이 들어. 네 손으로 먹이고 입히고 교육시키며 따뜻한 감성과 지성을 갖춘 아이들로 성장하게 따뜻하게 품어서 어미가 할 일을, 이런 기적 같은 일을 네가 감당할 수 있게 되어서 너무나 감사하다.

예전의 평범했던 일상이 지금은 예사롭지가 않다. 김연수, 난 너를 생각하면 눈물이 난다. 네가 아주대병원에서 몇 차례의 수술에도 불구하고 출혈은 멈추지 않았고, 어디에서 출혈이 있는지 알 수도 없게 스펀지처럼 스멀스멀 번져 나오는 피가 모아진 것이 큰 유리컵으로 절반쯤 담겨있었지. 그 정도의 출혈은 그런대로 양호한 정도라고 했으니 그 전에는 무섭도록 많은 출혈이 있었다고 봐야겠다. 그런 중에 어느 날에는 모든 가족을 네가 의식 없이 누워 있는 침대로 다 불러들이더구나. 너는 대책 없이 침대에 누워있었고 퉁퉁 부어있는 다리는 피가 돌지 않아 차디찼으며 산소 호흡기에 의지해 가쁜 숨만 쉬고 있었어. 내가 할 수 있는 일은 네 다리를 한참을 주물러주는 일밖에 다른 일을 할 수 없었다. 의사의 설명 없이도 네가 살아날 희망이 없다는 것을 우리들 스스로 알게 됐어. 의사도 설명하기 곤란하니까 전부다 불러들였다는 생각을 했다. 그리고 모두 나와서 울기만 했다.

그 이튿날 부옇게 날이 밝자 뒷산 어머님 산소 앞에서 통곡을 했지. 어머님, 연수를 좀 살려주십시오. 내가 할 수 있는 일이라고는 그 말밖에 그 일밖에 할 수 없었지. 그날 이후 부옇게 날이 밝으면 매일 산에 올라갔어. 네가 깨어나니까 그 일은 자연히 멈추게 되더라고. 그만큼 여유가 생겼나보다고 내 마음의 가벼움에 스스로 웃고 말았구나. 네가 고맙고 대견하고 가여워서 지금도 눈물이 난다. 이제는 네 걱정은 안

해도 될 것 같다. 세월 흐르다보면 보기 좋은 늠름한 재목으로 성장하여 지용이 소민이가 평생 엄마를 지켜주고 보호하고 사랑할 것이다. 그때가 되면 우리는 나이를 더 먹게 되겠지만 뭐 그리 큰 대수겠니? 그래서 난 든든해. 앞으로 네가 울 일은 없을 거야. 네가 죽을 고생을 했지만 그래도 아이들을 낳은 일은 참 잘 한 것 같지? 네 인생의 최고의 선물일거야.

  아이들 커가는 것 보면서 은빛 새 떼들 우우우 날아오르는 힘찬 비상의 아름다운 날들을 살자. 지용이 소민이 자라는 것 보면서 우리 이제 욕심 없이 한가롭게 살자. 우리는 이제 매일매일 축제처럼 감사하면서 살아갈 일만 남았구나. 우리 부부에게 가장 큰 보물을 안겨준 내 맏며느리 김연수, 사랑한다.

미필적 고의에 관한
애매한 어느 봄날 이야기

세상에서 제일 아름다운 꽃, 꽃 중에 꽃은 양귀비꽃일 것이다. 그리고 양귀비하면 절세미인이었던 당 현종의 비였던 양귀비를 꼽을 것이다. 현종은 양귀비를 총애하면서 정치적 관심을 잃어갔고 양귀비의 의중에 따라 인사가 좌우되면서 오빠인 양국충과 안록산의 대립으로 인해 결국 안록산의 난을 겪게 된다. 안록산의 난으로 인해 양귀비는 비극적인 최후를 맞아야했고 현종의 시대도 몰락하게 되었다. 양귀비와 현종은 당시의 시인들에게 시의 소재가 되기도 하여 백거이는 장한가라는 대표적인 작품을 남겼다. 세상 부러울 것 없는 천하의 양귀비도 일장춘몽으로 끝이 났다.

유년시절에 내가 살던 시골동네에는 전설처럼 전해 내려

오는 금기시했던 것이 두 가지가 있었는데 밀주 담그는 일과 아편 꽃을 한 두 포기 키우는 일이었다. 명절이 다가올 그 즈음해서 집집마다 밀주를 담았다. 누룩을 만들어서 잘 말려두었다가 고두밥을 한 뒤 그 누룩을 넣고 효모균을 넣어 잘 배합하여 적당량의 물을 부어서 은밀하고 구석진 곳에 보물처럼 숨겨두고 그 위에 다른 물건을 올려놓거나 아니면 집과 멀리 떨어진 곳에다 그 보물을 숨겨놓기도 했다. 어느 때는 그 중요한 물건이 안방에서 이불을 잔뜩 쓴 채로 술 익는 냄새가 진동했다. 밀주는 고단한 농경사회의 시름을 달래는 아주 유용한 식품이었다. 그런데 단속반이 암행어사처럼 급습할 때면 온 마을 사람들이 사시나무처럼 떨어야 했다. 그 당시 많은 벌금을 매기는 행정권의 발동은 아주 무서웠고 단속반에 걸렸다는 불명예가 치명적이던 시절이었다.

양귀비꽃은 그 꽃에서 아편을 추출하기 때문에 옛날에는 아편 꽃으로도 불렸다. 시골집에는 뒤뜰에 은밀하게 양귀비꽃 한 두 포기를 길러 비상약으로 사용하기도 했다. 동의보감에서는 진통, 설사, 기침을 멈추는 데 사용한다고 적혀있고 민가에서 오랫동안 비상약으로 두면서 비상〈昇華〉처럼 조금씩 사용했다. 만병통치약으로 양귀비식물을 달여서 만든 고약처럼 찐득하게 만든 비상약을 급할 땐 서로 나눠주면서 마을 공동체의 삶을 만들어갔다.

내가 살던 마을에서 오리쯤 떨어진 초등학교에서 수업이

끝난 후에 집으로 돌아 올 때는 중간에서 친구들과 놀던 장소가 있었다. 집과 학교의 중간쯤에 속리산에서 발원해 흘러내린 시냇물이 심하게 굽어진 곳에 모래펄이 넓게 만들어진 곳이 우리들의 놀이터였다. 그 옆에는 아카시아 나무가 빽빽하게 둘러쳐진, 하늘만 빼꼼이 보이는 그 곳은 입구도 보이지 않았고 무슨 오래전 비밀의 화원처럼 조용하고도 은밀한 곳으로는 최적의 조건을 갖춘 곳이었다. 그 밭의 소유주가 우리 동네 아저씨였다. 그 때는 생각이 없었지만 지금 생각해보니 안성맞춤인 장소였다. 그 소문이 나기 전까지는 양귀비꽃을 본 사람은 한 사람도 없었다. 어느 날 조용하던 시골동네가 발칵 뒤집혔다. 아마도 역사 이래 시골동네에서 터진 가장 큰 사건이었다. 아저씨는 쇠고랑을 차고 마을사람들이 보는 앞에서 경찰에게 연행되어갔다. 마약류에 관한 법을 위반한 죄목으로 오랜 감옥 생활을 한 후에야 아저씨는 풀려날 수 있었다.

그 비밀스럽고도 은밀해서 삽시간에 덮쳐 버리는 끈끈이 식물속의 독처럼 무방비 상태로 있다가는 혼절할 수 있는 양귀비꽃의 치명적 매력을 한 참을 잊고 살았다. 그러던 어느 날, 하우스 끝자락에 양귀비꽃이 한 두 송이가 하늘하늘 피어 있었다. 한동안 넋을 잃고 아름다운 색감과 꽃의 자태에 빠져 감탄사만 연발했다. 그러다가 나는 하우스에 심어놓은 고추를 수확한 후에 그 양귀비꽃을 까마득히 잊고 살았다.

양귀비꽃이 열매 맺어 씨앗이 땅에 떨어져 그 다음의 봄을 예비하고 있는 줄은 꿈에도 생각하지 못했다. 눈으로 일별만 하고 끝이었다. 단연코 양귀비를 탐할 생각은 추호도 없었다.

천성이 게으른 나는 그 다음해 이른 봄에도 하우스에 갈 일이 없었기 때문에 무심할 정도로 평온한 이른 봄의 졸음에 기댄 채 한 통의 전화를 받았다. 자신은 경찰이고 하우스가 당신의 것인지 확인하면서 양귀비꽃 싹이 많이 나와 있으니 잠시 내려와 확인해달라는 다소 권위적인 호출을 받고 집을 나왔다. 마침 목장 일을 마무리하고 내려오는 남편한테 상황 설명을 하고 내가 혼자 가서 해결을 하겠다고 했다. 남자들은 곧잘 언성을 높이면서 문제의 핵심을 벗어나 일을 그르치는 경우가 종종 있었던 터라 나 혼자 가는 것이 최선이라는 생각에서였다.

마침 그때가 마약류에 관한 일제 단속기간이어서 시골에 있는 하우스를 위주로 급습하여 양귀비 싹을 적발한다고 했다. 이미 여러 하우스가 적발됐다고 했다. 아뿔싸, 그 때서야 지난해 보았던 양귀비꽃이 생각났다. 경찰은 성과를 올리기 위해 조서를 꾸미고 그 조서의 사실에 인정한다는 사인을 받아갔다. 며칠 후, 다시 화성서부경찰서로 와 달라는 호출이 왔다. 경찰은 전혀 죄의식이 없어 보이는 여자 앞에서 당신은 피의자의 신분이라고 누누이 강조하면서 인정하기를 강요했다. 양귀비꽃, 너를 만지지도 않았고 단지 너를 본 죄밖에는 없는데 법적 용어로 이것이 미필적 고의에 해당된다는 것인지 애매모호한 어느 봄날에 대한 이야기다.

지금도 봄이 오면 난 현기증이 난다. 그 양귀비꽃 싹이 돋아 날것만 같아 봄의 설레임이 주춤주춤 거린다. 양귀비와 양귀비꽃의 치명적인 매력의 덫에 걸린 것은 당 현종과 나와 닮아있다는 생각을 뜬금없이 해 보는 어느 봄날은, 졸음처럼 아직도 혼미하다.

그 여자는 어디로 갔을까

그 여자를 만난 건 내 나이 마흔의 중반쯤으로 기억된다. 한참 문학공부에 흥미를 가지고 여기저기를 기웃거리면서 공부할 곳을 찾아다니다가 수원대학교에서 평생교육의 일환으로 진행되는 평생학습반에서 문학공부를 시작할 때였다. 그 여자는 마흔을 갓 넘은 나이에 문학에 대한 열정을 가지고 그 반을 찾아왔다. 그 여자는 등단을 목표로 다니던 좋은 직장을 과감하게 정리하고 시공부를 시작했다. 매 주 한 번씩 모여 습작한 작품을 중심으로 공부하는 그 분위기는 제법 진지했다. 여자는 다작(多作)이었다. 끊임없이 시를 썼다. 모든 사물이 시의 대상이었다. 그리고 무엇보다 작품이 참 좋았다.

그 여자와 같은 도시에 살게 된 인연으로 많은 이야기를 함께 나누었다. 그래서 여자에 대해서 많은 것을 알고 있다고 생각했다. 친정아버지와 함께 살면서 힘들어하는 남편에 대한 걱정과 섭섭함도 포함되어 있었다. 고집 센 친정아버지와 좁혀지지 않는 불협화음에서 도망가 버린 남편과의 어긋난 사랑을 이야기할 때도 있었다. 남편은 수원에서 여자는 친정 아버지가 계시는 고향집에서 한참을 따로 살았다. 남편을 찾아 견우와 직녀 만나듯이 애틋하게 만날 때도 의도하지 않게 다투다 돌아오는 날, 젊은 여성성을 가을 벼포기 싹둑 베어버린 그것처럼 무참하게 잘라내고 싶을 때 많았다는 여자의 혼잣말이 오늘 따라 더 아파온다. 그 여자는 아들이 없는 집안의 장녀가 책임져야하는 혼자 남은 아버지와 끝없는 불협화음에서 힘들어 하면서도 타고난 건강함으로 잘 이겨내고 있었고 그 여자만의 독특한 매력을 다분히 가지고 있었다. 사람마다 저마다 짊어진 십자가는 있게 마련이었다. 그 무거운 생의 버거움을 잘 견뎌내리라는 믿음도 보여서 크게 걱정하지는 않았다.

그 여자는 더 이상 머뭇거리다가는 기회는 오지 않을 것 같아서 어느 날 사표를 던지고 작품에 몰입하는 열정이 경이로웠다. 몇 년 그렇게 끊임없이 습작을 하더니 목표하던 등단을 했다. 그런 어느 날 다니던 직장에서 러브콜을 보내왔다고 다시 직장으로 복귀를 했다. 이제는 정식이 아닌 계약직으로 들어갔다. 그 직장에서는 그 분야에서 능력을 인정받은 인재였을 것으로 짐작이 갔다. 내가 여자의 직장근처로 갈 일이 있을 땐 잠시 만나 차 한 잔 마시면서 인연은 계속되었다. 그런 어느 날 여자는 말했다. 이제 더 이상 시를 쓰지 않는다고 말했다. 그 말이 오래도록 가슴에 남았다.

어느 날 다니던 직장을 그만두고 여자는 집으로 들어갔다. 내 마음 한가한 날 물어물어 그 여자가 사는 집으로 찾아 나섰다. 여자의 변화무쌍함에 매번 놀랐지만 새로운 모습에 다시 놀랐다. 야생화로 가득한 정원을 가꾸며 아담하게 새로 지은 집에서 주목나무를 키우고 있었다. 여러 그루의 주목나무는 임자 만나면 팔기도 하고 세월이 지나면 돈이 된다고 했다. 그 돈이 된다는 두 그루의 주목나무를 언제든지 가져가라고 선뜻 내게 선물했다. 그 여자의 뒤뜰에는 여러 마리의 닭들과 갖은 종류의 야채들을 키우고 있었다. 그 날은 약간의 야생화를 얻어 집으로 돌아왔다. 시시때때로 안부를 챙겨 살지는 못해도 잘 살고 있는 그 여자를 만난 안도감에서 마음이 놓였다.

다시 찾은 여자의 정원은 잘 꾸며져 있었다. 주목나무는 제법 많이 자랐고 야생화의 종류도 다양해졌다. 뒤뜰에는 직접 연장을 사용해서 지었다는 방갈로가 여러 채 지어져 있었다. 방가로를 직접 지었다는 연장을 보고서도 믿어지지 않았다. 연로한 친정아버지를 모시면서 친정아버지로부터 받은 집터에 새집을 짓고, 집터에 이어진 1500평정도의 밭에 유실수를 잔뜩 심어두었었다. 아직 어린 과일나무 사이로 고구마를 심는다고 까만 비닐을 깔고 물을 주며 완전 시골농부가 되어있었다. 여자는 장화를 신고 씩씩했지만 그 많은 일을 감당하는 일이 무리일 것 같아서 걱정되었다. 얼굴은 태양에 까맣게 그을러서 너무 많이 변해 버린, 오랜만에 보는 그 여자는 낯이 설었다. 무거운 마음으로 일을 거들고 있는데 소읍의 읍장으로 있는 남편한테 전화가 들어왔다. 술을 한 잔 기분 좋게 걸친 목소리였다. 그 남편의 안전을 걱정하는, 꼭 대리운전으로 집으로 돌아올 것을 권하는 여자의 나직한 목소리를 들으며 아하, 남편을 많이 사랑하는구나하는 안도감으로 난 가볍게 그 집을 떠나 올 수 있었다.

그 여자는 매 번 나를 반겼고, 나는 숨겨둔 애인을 찾아가듯 잊을 만하면 찾아가던 일을 잊고 살았다. 내 무심한 성격 탓이기도 했지만 잘 있겠거니 그리고 언제든지 그 여자는 그곳에 있을 것이라는 믿음 때문이기도 했다. 그리고 한참의 시간이 흘렀다. 아들이 마련해준 아이패드에서 어느 무심한 날 그 여자의 흔적이 눈에 들어왔다. 반가운 마음에 찾아들어가 안부를 물었다. 여자는 말이 없었고 그 여자의 첫째 딸, 결혼식장에서 본 어여쁜 그 딸이 내게 말을 걸어왔다. "엄마를 어떻게 아시는 분이신지요? 어떻게 엄마를 아시는

지요?"

　그 느낌은 뭐랄까, 단번에 서늘해졌다. 이건 뭐지? 이 두려움은 뭘까? 더듬더듬 이어지는 딸과 나와의 대화로 난 그 여자를 다시 볼 수 없음을 알았다. 대화방에 들어가 여자의 흔적을 다시 본다. 직장생활을 하던 딸의 육아를 돕기 위해 외손녀를 봐주면서 원피스며 모자며 앙증맞게도 털실로 짠 옷들이 사진으로 찍혀 있었다. 어쩌면 이렇게도 손재주가 많았던 아까운 여자였구나. 꽃과 나무를 잘 키워내고 흙을 사랑한 농부였고, 따뜻한 가슴을 지닌 시인이었고, 앙증맞게 외손녀 옷을 털실로 만들어내는 손재주를 가진 할머니였고, 애증에 힘들어하면서도 남편을 사랑한 따뜻한 여자이기도 했던 그 여자. 아직 결혼도 하지 못한 막내아들을 두고 어찌 그리 모진 마을을 먹었을까 도대체 모르겠다.

　어느 날 그 여자에게 말을 건넸다. 시도 수필도 참 좋은데 왜 작품을 안 쓰는 거냐고 물은 적이 있었다. 여자는 무심히 말을 했다. 그 말은 아주 건조하게 들렸다. '남편이 죽고 나면 다시 쓸 거예요. 남편이 싫어해서요.' 그러더니 남편보다 먼저 가 버렸다. 깊은 우울증이 있었을까? 난 그것을 알지 못한다. 그리워서 여자를 찾아가면서도 눈치를 못 챘고 마지막 만남에서 많이 거칠어져 있던 여자를 보고서도 겪고 있을 깊은 우울을 알아차리지 못했다. 그 여자가 계속 시를 썼다면, 작품에 그 우울을 옮겨놓았다면 좀 더 견디기 수월하지

않았을까 그랬다면 극단적인 선택을 하진 않았을지도 모른
다는 아쉬움이 많이 남는다.

내가 좋아했고 특별했던 그 여자는 어느 날 흔적 없이 사라
지고 삶은 갈수록 쓸쓸해진다. 마음 둘 곳 없으면 길을 나섰
던 그 여자의 거처가 이제 이 세상 어디에도 없다.

이웃집 여자와 방앗간에 가다

들깨 두 말과 빛깔 곱게 잘 마른 고추를 비닐에 담았
다. 이웃집 여자는 옥수수차를 볶아오기 위해서 나와 동행
을 한 터였다. 복작거리던 방앗간이 조금은 한가해진 듯하
다. 우리보다 먼저 온 먼 마을의 여자가 소파에 앉아 한가한
가을볕을 받고 있었다. 방앗간 안주인은 맞춤 떡을 하고 바
깥주인은 고추를 빻고 우린 쇼파에 앉아서 커피를 타 마시며
이야기꽃을 피웠다. 방앗간에서 만난 사람들은 가지고 온 볼
일이 다 끝날 때 까지 십년지기처럼 가깝다가 썰물처럼 가볍
게 다시 만날 약속 없이 헤어지는 것이 익숙한 방앗간풍경이
다. 한가하게 가을볕을 받고 있던 여자와 우리는 두서없이
이야기를 하다가 손 마이크로 급조한 인터뷰게임을 시작했
다.

나는 며느리가 둘인데 첫째는 초등학교 선생이고 둘째는 집에서 살림만 하는 며느리야, 그런데 직장생활을 하는 첫째는, 달력에 빨간 날은 모임이다 뭐다 하면서 애들을 나한테 맡겨놓는 바람에 내가 힘들어 죽을 지경이야, 그래서 나는 빨간 날이 죽을 만큼 싫다니까. 그러면서도 환하게 웃으신다. 아주 죽을 지경은 아닌가보다. 그리고 둘째며느리는 내가 전화만 하면 차를 가지고 득달같이 달려와서 내 몫의 시장도 같이 보고 모든 급한 일을 척척 해결하지. 돈 버는 며느리는 잘난 척을 해서 싫어, 그래서 나는 직장이 없는 둘째 며느리가 더 좋아. 돈을 버는 며느리는 용돈을 듬뿍 주잖아요? 아니야 그렇지도 않아 오히려 둘째 며느리가 시장 보는 일도 다 맡아서 해줘. 우리는 손 마이크를 다시 잡으면서 재산은 어느 정도 됩니까? 하고 정색을 했다. 살만큼은 있어. 그런데 나는 자식한테 기대도 안하고 자식 물려줄 생각은 없어. 우리 부부 건강할 때까지 잘 살다가는 양로원으로 들어갈 생각이야.

그러면서 우리는 자식한테 얹혀서 눈치 볼 필요 없이 참 세련된 생각이라고 입을 맞추었다. 잠시의 틈을 타서 이웃집여자는 맞춤 떡을 좀 얻어 오겠다고 자리를 비웠다. 사정이 여의치 않은지 빈손으로 돌아온다. 우리는 방앗간 안주인을 성토하기 시작했다. 우리네 시어머님 버전으로 할라치면, 그 여자 참 숭악하네 어찌 인심이 그렇디야. 한 쪽 베어주면 어디 표시나남? 볶은 들깨를 한 입 털어 넣고 맛이 고소하니 어쩌니 하면서 이야깃거리를 계속 만들어 나간다. 복작되는 방앗간 한쪽에서 떡을 하면 한 접시 내어주고 맛을 보게 하는 것이 방앗간 인심인데, 새 주인이 바뀌고 나서는 방앗간 인심이 예전 같지 않다. 떡 한 쪽 얻지 못하고 입맛만 다시고는 뒤돌아서서 성토를 한다. 그 여자 참 숭악하네, 인심 한번 고약하다, 그러면서 우리는 파안대소를 한다.

　이웃집여자와 내가 심심해질 때 쯤에 용달차가 짐칸 가득 말린 고추를 싣고 방앗간 앞에 들이댄다. 고추를 내리는 남편을 따라 땀을 바가지로 흘렸을 시골 아낙네가 방앗간을 들어선다. 이 고추는 태양에서 말린 고추인가요? 우리는 다시 인터뷰게임을 시작했다. 우리는 초면인 그 여자에게 양해도 없이 손 마이크를 들이댄다. 그 여자는 약속이나 한듯 손 마이크를 바짝 끌어당긴다. 이 얼마나 유쾌한 일인가.

　우리네 삶은 고단하지만 방앗간 가득 진동하는 들기름의 고소한 맛처럼 행복의 맛은 인생고비마다 켜켜이 장치되어 있다. 그 행복의 맛을 찾는 지혜는 각자의 몫이다.
　오늘 우리를 유쾌하게 만든 인터뷰게임은 세상을 소통하게 만드는 하나의 희망적인 시도인 것이 분명하다. 앞으로도 이웃집여자와 나의 인터뷰게임은 계속될 것이다.

목련꽃 그늘에서 읽는 시집 한 권
-황명걸 선생께

선생님이 보내주신 시집을 받자마자 습관처럼 발문부터 읽어 내려갑니다. 늙음의 아름다움으로 시작되는 발문은 예상대로 신경림 시인이 써 주셨군요. 시인께서 제일 먼저 알게 된 글벗이 바로 선생님이셨군요, 서울대 불문과에 다니던 선생님은 음악은 물론 그림에도 재능이 뛰어 났고 주머니가 넉넉한 멋쟁이, 몸 전체에서 풍기던 도시냄새를 좋아했다고 말합니다. 신경림 시인이 출판사의 편집 책임을 맡고 있을 때는 편집감각이 없어 쩔쩔매는 시인을 위해 아무리 바빠도 달려와서 표지며 화보 편집을 도와주셨던 세월이 있었다고 하니, 두 분의 우정이 애틋하고 특별했을 것입니다.

지금도 북한강변 문호리에 가면 선생님이 경영하셨던 까페

〈무너미〉가 존재하는지요? 그곳에 가면 선생님을 뵐 수 있는지요? 여러 궁금한 것들을 묻고 싶습니다. 선생님의 시에 나오는 빠리의 여자에 대해서도 많이 궁금해집니다.

사랑하는 젊은 여자는 빠리에 건너가 있고
허물없는 어릴 적 친구는 감옥에 들어가 있고
오래 전에 떠나버린 詩정신마저 돌아올 줄 모르는
근년 나의 일상은 궁핍의 나날
입맛이 없고 술만 당긴다
돈 맛을 들였지만 한번 넉넉한 적 없고
놀음을 재미있어하지만 늘상 잃기 일쑤
갖은 병에 잡다하게 약만
한줌 목이 메도록 쑤셔 넣는다
폐가 같은 황폐한 정신
참말 이러다가는 안 되는데
영영 못쓰게 망가지고 마는데
하면서도 다람쥐 체 바퀴 돌리듯 한다
지옥의 계절 세속의 포로

선생님의 시 궁핍의 나날을 읽으면서, 오랜 시간이 흘렀는데도 여전히 잔기침을 하시던 선생님 모습이 떠올라 걱정스러웠습니다. 궁핍의 나날 속에 존재하는 사랑하는 젊은 여자는 아직도 빠리에 건너가 돌아올 줄을 모르는지요? 동아일

보 해직기자로 있던 시절, 반정부 집회에 빠지지 않고 참석했고 여러 관계되는 행사에서는 으레 선생님 시가 낭송되었다고 했습니다. 돈벌이가 없던 그 고난의 세월을 견디는 힘이 있었다면 좋은 시를 쓸 수 있었을 터인데, 그 시절을 견디기엔 선생님은 너무 힘이 없었다고 고백하십니다. 그래서인지 선생님의 시에는 정다운 이름들이 참 많습니다. 마늘장사, 채소장사, 쌀장사처럼 선생님을 닮은 선량한 이웃들이 참 많습니다.

선생님, 북한강변 무너미에서 가슴 저리도록 아픈 生, 그래서 더 아름다움으로 생을 채색하시길 바랍니다. 화가이신 선생님의 그림도 참 궁금해집니다. 내마음의 솔밭에서 궁핍의 나날도 좋았고, 삶의 그림도 좋았고, 실한 낱알도 좋았습니다. 수원 가보정음식점에서 여러 분들과 함께 한 자리에서 선생님을 처음 뵙던 그날, 나이를 드셨음에도 순진무구한 평안한 모습을 잃지 않으신 선생님 모습이 신기했습니다. 잔기침을 자주하시던 선생님 건강이 무척 걱정되었습니다. 술은 적당히 드십시오. 선생님이 건강하게 오래오래 행복하셨으면 합니다. 목련꽃 그늘에 앉아 선생님의 시집을 읽으면서 올 봄은 참으로 화사했습니다.

마늘밭에도 인생이 있다

맏아들이 군에 입대를 했다. 대한민국의 자랑스러운 공군이 되었다. 아들을 태운 0시 진주행 밤 열차의 기계음 소리는 밤이나 낮이나 이니스프리 호도에서 들리는 물결소리처럼 내 가슴 속에서 떠나지 않는다. 인생의 가장 큰 변화를 겪고 있을 아들에게 편지를 쓴다.

오늘은 비가 내린다. 곧 장마가 시작될 것이다. 그러고 보니 아들과 마늘 수확하던 날이 생각난다. 마늘은 김장하기 얼마 전에 심는다. 한 겨울 매서운 추위를 견디고서야 이듬해 이른 봄에 파란 싹을 틔운다. 마늘을 여섯 쪽으로 갈라 찌그러지지 않고 잘 생긴 것으로 심고 남겨진 부실한 쪽은 김장을 할 때 보태어 쓰곤 한다.

마을길 옆에 마늘밭이 있어서 오며가며 마을 사람들이 내 마늘밭을 보게 되니 여간 마음이 쓰이지가 않았다. 그래서 열심히 풀을 뽑았다. 그렇다고 마늘밭에만 살 수도 없는 노릇이었다. 동네 여자들과 광교산 등산도 해야 하고 문학모임에도 참석해야 하고 매일 목장일도 해야 하고 동네 여자들과 커피도 마셔야 했다. 깨끗하게 뽑고 한 며칠 마음 놓고 지내다 보면 언제 풀 뽑았느냐, 또 이만큼씩 자라 있었다. 초장에는 그런대로 밭을 가꾸는 성적이 좋았던 것 같다. 장마가 오기 전에 마늘과 감자를 거의 한꺼번에 수확을 한다. 며칠 늑장을 부리면 수확할 시기를 놓쳐 마늘과 감자는 장마기간에 다 썩어 버린다. 적절한 시기에 수확을 해야 한다.

지금은 시어머니께서 연로하셔서 농작물을 가꾸는 일이 내 몫이 되었지만, 얼마 전까지만 해도 어머니께서 마늘 수확할 시기가 됐는데도 마늘밭의 풀을 뽑으셨다. 그럴 때는 금방 마늘을 수확할 텐데 그 힘든 수고를 하시냐고, 철없는 며느리는 볼이 부어 있었다. 힘들면 하지 말라고 이르시고 당신 혼자라도 일을 하셨다. 이제 순전히 그 일이 내 몫이 되었다. 남편이 걱정을 했지만 내 생각대로 버티기를 했다. 며칠이 지난 어느 날 난 깜짝 놀라고 말았다. 마늘밭이 풀밭이 되어 버렸다. 남편은 그것 하나 관리 못하는 게으른 마누라를 향해 원망의 눈길을 보냈다. 그래도 곧 마늘을 수확해야 하는데 다시 풀을 뽑는다는 게 미련한 생각이 들어 또 며칠을 보냈다.

　저녁 TV뉴스에 장마가 북상중이라고 했다. 아들과 함께 마늘 수확에 돌입했다. 이것은 풀과의 전쟁이었다. 모래사막에서 바늘을 찾는다는 말은 들어 봤지만 풀 속에서 마늘을 찾는 격이 되어 버렸다. 대궁이 삭아 없어진 것도 많았다. 마늘이 굵을 리 만무했다. 땀을 한 바가지는 흘렸을 것이다. 그날 아들과 죽을 고생을 했다. 아들이 말했다. "엄마 시골에 살 자격 있어요?" 나는 '괘씸한지고! 배은망득한놈 같으니라고!' 마음속으로만 중얼거렸다. "없지!" 난 염치 없었지만 씩씩하게 말했다. 난 그날 체면 없이 아들한테 시골 살 자격을 심사받는 날이기도 했다. 그래도 엄마는 오늘 엄마의 자격으로 아들한테 이른다.

　– 아들아, 힘이 들 때는 할머니께서 네게 보낸 일편단심 민들레 같은 사랑을 기억하기 바란다. 그리고 어디에서든 당당하길 바란다. 그 당당함은 최선을 다 했을 때만 찾아오는 내면에서 우러나오는 힘이라는 것을 명심거하라. 아버지께서 장남인 아들에게 보내는 사랑이 각별함을 잊지 말아라. 그리고 네가 사랑을 베풀어야할 동생들도 마음속에 항상 담아두고 있으면 네게 또 다른 사랑의 힘이 생길거야. 사랑이란 자연스런 감정의 발로이지만 얼마간은 사랑해야 한다는 의지를 가져야 하는 것임을 알기 바란다. 그리고 풀밭에서 마늘

수확하던 날을 항상 잊지 말고 살아라. 그때그때 해야 할 일을 하지 않으면 그 고생을 하는데 인생도 마찬가지야. 아들아 명심하거라. 마늘 수확 날을 결코 잊지 말아라. 그래서 엄마는 그날이후 마음을 단단히 먹고 적기에 모든 때를 놓치지 않으려고 최선을 다한다. 상사에 대한 예의, 같이 생활하는 동료에 대한 예의, 그리고 좀 더 시간이 흐른 후에 생겨날 후배에 대한 예의를 잃지 말아라. 사람과 사람들의 관계 속에서 아무리 특수한 환경인 군대라도 인간적인 따뜻함은 항상 간직할 수 있는 아들이 되었으면 한다. 좀 더 대범하게 멀리 그리고 높이 보는 아들이 되거라. 그래서 조급하게 마음 상하고, 그리고 상처받고 그런 일에서 여유로워졌으면 한다.

좋은교육을 받게 하고 싶어 대처로 자식을 보낸 후 매일매일 챙겨 줄 수 없는 엄마의 입장이다 보니 너와 동생들에게 참 미안한 적이 한 두 번이 아니구나, 그래도 엄마를 이해해 줘야잖니? 엄마는 이곳에서 일을 해야 너희에게 필요한 돈을 만들 수 있으니 말이야. 사람은 어쩔 수 없는 지경에 처할 때 이것을 환경이라고 말하지만 각자 제 자리에서 제 몫을 최선을 다해 충실히 할 수 밖에 없어. 힘들 때는 견디는 시간도 필요해. 환경이 힘들다고 성공을 못하는 것은 아니야. 그 환경을 인정하고 그 인정으로 좀 더 철이 빨리 들고 그래서 자기에게 주어진 촌음을 아껴 노력할 때 오히려 더 빛나는 내일을 내 것으로 만들 수 있어. 엄마의 부재를 시시때때

로 느꼈겠지만 그것이 네 인생에 어떤 이유가 되지 않았으면
해. 서로 이해하고 아파하는 것, 그래서 사랑할 수 있는 것이
가족이잖니? –

  아들에게 보낸 편지가 검열이 된다면 나는 "군기 저하죄"로
부대를 방문해야 할지도 모를 위험을 감수하면서 남자도 힘
들면 울어 보라고 권했다. 두고 온 사람들이 그리워서 지난
시간이 아름다워서 지금 내가 견뎌야하는 시간이 힘이 들때
울고나면 좀 견디기 쉬울 거라고 일렀다. '아들아, 몸도 마음
도 정신도 아름답게 성숙하는 시간이 되었으면 좋겠다.'고
시골 살 자격이 없는 어미는 그렇게 아들에게 일렀다.

  마늘밭에도 인생이 있음을, 그날 마늘밭에서 철저한 현장
학습을 시켰으니 자격에 상관없이 어미는 참으로 현명했다.

3부

봄의 단상

올해는 유난히 벌들이 붕붕대며 이 꽃 저 꽃 옮겨 다니느라 분주하더니 많은 꽃잎이 한꺼번에 만개했다. 봄이면, 목련꽃이 필 때면 우리 집을 비롯하여 온 동네가 환해진다. 밖에서 보내는 시간에도 자주 눈길은 우리 집을 향한다. 일주일 쯤 그렇게 화사하게 피어 있다가 봄비 오는 날 무참히 한꺼번에 후두둑 낙화를 해버리면, 마당 가득 떨어진 꽃잎을 쓸어내면서 "아! 내 봄날은 목련꽃의 낙화로 다 가고 말아" 탄식의 소리가 절로 나온다. 목련꽃은 가로등 불빛, 밝은 달밤, 이른 아침, 한낮, 저녁 어스름, 보는 시간에 따라서 날씨에 따라서 보는 사람의 기분에 따라서 프리즘의 빛깔처럼 매번 다른 빛깔로 보이는 오묘함을 가지고 있다. 그 중에서도 잠 안 오는 밤에 문을 열어보면 멀리 가로등의 쓸쓸한 불빛을 받아 목련꽃은 그 화사함이 절정에 달한다. 그런 밤이면 목련꽃 향기에 취해 난 수취인 없는 길고 긴 편지를 쓰면서 그리움에 절절히 가슴을 적시곤 한다.

이제 이글거리는 태양 빛으로 잎은 더 짙어지고 무성해질 것이다. 목이 쉬도록 울어 대는 매미와 함께 여름 끝으로 달리고 수다스런 참새들이 이른 새벽의 공기를 흔들어 놓을 것이다. 그리하여 게으른 나의 잠을 깨울 것이다. 그즈음엔 동네에서 제일 늦게 열리는 대문의 순위가 바뀔지도 모르겠다. 일 년 내내, 목련나무가 내게 베풀어 준 목련꽃 향기와 깨끗한 공기와 그늘과 매미 소리 참새소리의 빚 갚음으로, 나는 또 매일 매일 마당 쓰는 수고를 불평하지 않아야 할 것이다.

다시 찾아올 봄의 향연에 목련꽃은 온천지에 가득가득 단내음 풍기면서 고단한 한 해를 견딘 시간을 노래할 수 있을 것이다. 목련꽃으로 하여 우리 집에 봄이 제일 먼저 찾아오고 전설 속에서나 있음직한 잠자는 거인을 깨워서 어린 꼬마 정령들을 꽃가지마다 올려주기 분주할 것이다. 그 때까지도 젊은 날 내 아이들이 깔깔거리며 바람을 차고 날던, 담을 넘어 세상 밖을 보던 그네가 그대로 바람 부는 대로 흔들리고 있을지도 모르겠다. 매년 늘어가던 꽃송이가 어느 해부터 줄어들지라도 슬퍼하진 않을 것이다. 모든 것을 순리대로 받아들이는 연습을 해야 할 것이다.

　해마다 그러했듯이 나는, 이쪽 방향 저쪽 방향 피사체의 초
점을 맞추느라 카메라 샤터 누르기에 바쁠 것이다. 그리고
피사체에 머문 순간의 아름다움을 오래도록 가슴에 둘 것이
다. 그러다 보면 어느 새 나도 목련나무와 함께 천천히 나이
를 먹을 것이다.

　사람에게도 나이테가 있지 않을까 가끔 생각해 본다. 맵고
짜고 쓰고 달고 신맛의 다섯 가지 맛이 어우러져야 음식의
맛을 제대로 내듯이, 단맛만이 인생의 맛은 아닐 것이다. 인
생도 여러 맛이 어우러질 때 비로소 아름다운 나이테가 만들
어질 것이다. 그러한 나이테를 가진 사람이야말로 인생의 멋
을 알고 아름다운 삶, 풍요로운 삶을 산다고 할 수 있을 것이
다. 역경과 아픔을 겪을 때 마다 생기는 나이테 그 나이테로
하여 더 깊이 있고 사색하는 분위기를 낼 수 있는 그런 나이
테를 많이 가진 사람일수록 타인을 사랑하고 배려하고 용서
하는 마음이 클 것이다. 그의 눈은 지혜로 빛나고 그의 얼굴
에서는 너그러움으로 편안해 보이는, 그의 가슴에서는 사랑
으로 하여 따뜻한, 그런 아름다운 영혼을 가진 사람을 닮고
싶은 날들을, 목련꽃 그늘에서 꿈꾸어 본다.

마가목 열매가 붉게 익어가는 섬

뜬금없는 전화 한 통에 '좋아 가지 뭐' 준비된 원고 읽듯 빛의 속도로 결정을 했다. 그렇게 나는 마가목 나무가 붉은 열매를 달고 있는 섬으로 떠났다. 여고를 졸업한 지 사십 년이 지난 오랜 친구 넷이 번갯불에 콩 구워 먹듯 그렇게 떠난 여행길이었다. 태풍 링링과 태풍 타파 사이를 곡예 하듯 다녀왔다. 그것도 추석 바로 다음날에 여행가방 하나 달랑 둘러메고 '그 섬에 가고 싶다' 는 열망이 실현되는 시간이었다.

이른 아침 수원에서 친구를 만나 버스를 타고 안동으로 떠났다. 지방으로 가는 길이기도 했지만 추석 연휴라서 모든 거리가 한가했다. 시간 맞춰 친구가 마중을 왔다. 친구를 닮은 남편과 그 남편에 어울리는 서재에는 전문서적과 문학책이 벽면 가득 채워져 있었다. 익숙한 책 제목 앞에서 한참이나 설레고 반가웠다. 마당에는 정갈한 장독대가 초가을 햇볕을 받아 윤기를 더했다. 나팔꽃과 채송화도 정답게 꽃을 피우고 있었다. 우리는 함께 따뜻한 점심을 먹으면서 만남의 즐거움을 나누었다. 친구 남편은 서울농대에서 수학하면서 내 친구를 알게 되었고 그 후 결혼을 하고 안동대 교수가 되면서 이곳에 정착한 지 30년이 지나 이제는 안동이 고향이 되었다고 한다. 그 남편은 퇴직을 했지만 동료들과 제자들과의 만남을 이어가며 아직도 면학분위기가 은근했다. 그렇게 친구 부부는 닮아 있었고 서로 존중하면서 잘 살고 있었다. 우리는 안동지역의 여러 곳을 탐색하면서 후포에 살고 있는 친구를 찾아 출발했다.

후포는 땅 한 평 없어 가난했던 시절에 식구들끼리 나와서 바닷고기를 후린다고 해서 붙여졌다는 지역명이다. 후포는 내가 살고 있는 비봉면처럼 한 바퀴 휘이 돌면 같은 장소로 돌아왔다. 고기잡이배가 만선을 하고 뱃고동소리 울리며 후포항으로 당당히 돌아오면 다방은 생기가 돌았을 것이다. 남정네들이 거센 파도에 맞서느라 외롭고 지친 몸을 부리고 쉴 수 있는 편안한 쉼터 역할을 하는 다방만 성업 중이었다. 후포는 친구 남편의 고향이었다. 남편은 고기잡이를 선택했고 남보다 더 많은 고기를 잡아왔지만 생업인 바다에서 길을 잃었다. 그 바다를 앞마당처럼 들여놓고 친구는 어떻게 살아냈을까. 친구는 남편 사고 후 5년 동안을 칩거 상태로 지냈다고 했다. 그래도 남편을 만나 이쁜 딸 둘을 얻었으니 괜찮다고 말하는 친구를 위로해 줄 어떤 말도 나는 끝내 찾지 못했다. 친구는 젊지 않은 그 나이에 고등학생들에게 수학과 과학을 가르치면서 살고 있었다. 이제 후포는 예전 같지 않고 젊은 사람들이 몰려와서 그 생업을 나눠먹고 살아야하는 절박한 현실이 되었다고 한다. 큰 아들을 잃고 혼자 남은 시어머니까지 지척에 계신 관계로 후포를 아주 떠나기가 쉽지 않은 듯 했다. 이제 내 친구가 바다갈매기처럼 훨훨 날아올라 자유로운 비행을 했으면 했다. 오랫동안 만나지 못한 어색함은 단 번에 날려버리고 친구 집에서 우리는 완벽한 4명의 여행팀원이 되어 하룻밤을 묵었다.

영등포에서 셔틀버스로 밤새 달려온 씨투어 여행객들과 합류하여 후포에서 울릉도로 들어가는 선박을 탔다. 443명이 정원인 초쾌속선 씨플라워호의 위용은 대단했지만 여행객은 한적했고 파도는 잔잔했다. 2시간 30분쯤 시간이 흘렀을까 가이드가 우리를 맞이한다. 가이드의 여행지에 대한 설명과 그리고 자유시간이 주어졌다. 우리는 가이드의 여행일정에 맞추느라고 모였다 흩어졌다를 반복했다. 일단은 도동항을 본거지로 삼았다. 울릉도는 신생대에 동해에서 거대한 화산이 폭발해서 만들어진 대표적인 화산섬이다. 울릉도의 삼무(三無)는 도둑, 공해, 뱀이라고 했다. 도둑이 없는 것은 도망갈 곳이 없어서, 공해가 없는 것은 공장이 없어서, 뱀이 없는 것은 화산섬의 특징으로 물 빠짐이 좋아 습하지 않아서 뱀이 살 수 없는 자연환경과 먹이사슬이 없는 것이라고 한다. 육지에서 뱀을 들여놓아도 비실비실 생존을 하지 못하고 사라진다고 했다. 울릉도의 오다(五多)는 향나무, 바람, 미인, 물, 돌이라고 했다. 울릉약소, 홍합밥, 산채비빔밥, 오징어 내장탕, 오징어 물회가 울릉도 오미(五味)에 속한다. 그곳에서만 나는 유일한 식재료를 사용해서 조리한 음식을 맛 볼 수 있는 것도 여행의 좋은 선택이다.

  우리는 짧은 일정에 많은 곳을 보았고 많은 설명을 들었다, 이른 첫 새벽에 대아리조트에서 바라 본 울릉도 앞바다의 태초의 신화를 보았고 들었다. 호텔조식도 깔끔하고 맛이 좋았다. 그리고 우리는 자신의 이야기를 고해성사처럼 예정에도 없이 쏟아내면서 서로의 상처를 위로하고 보듬고 응원하면서 힐링의 시간이 은혜처럼 주어졌다. 이만하면 충분하다고 결론을 내렸다.

  마가목 나무가 붉게 익어가고 있는 섬을 돌아보며 아쉬움을 뒤로한다. 울릉도의 갈매기라고 부른다는 백파가 넘실거린다. 푸른 바다와 흰 파도의 조화가 그 섬을 더 생기 있게 했지만 파도가 높아진다는 것은 잦은 태풍이 발생하는 요즘의 날씨 때문이라 조심스러워진다.

 다시 왔던 길을 되짚어 일상으로 돌아가야 한다. 망망대해
에 나뭇잎 같은 배를 띄워야한다. 용기와 용단이 필요한 시
간이다. 앞으로 높은 파도를 뛰어 넘어 곡예 하듯이 만만하
지 않은 날을 살아내야 하겠지만 다시 떠나는 여행자처럼 삶
의 길에서 설레임은 잃지 말아야 하겠다.

먼길 돌아온 손님처럼 봄날은 왔다

봄은
봄날은 그렇게 우리에게 왔다.

'그대여 그대여 그대여 오늘은 우리 같이 걸어요 이 거리
를 밤에 들려오는 자장노래 어떤가요 오 예에…봄바람 휘날
리며 흩날리는 벚꽃 잎이 울려 퍼진 이 거리를 둘이 걸어요'
버스커 버스커의 벚꽃 엔딩으로 봄날은 손님처럼 선물처럼
술렁이며 내게로 왔다. 몇 계절을 돌아 저 길모퉁이를 돌아
알 수 없는 인생길을 돌아 다시 내게로 왔다.
그 추웠던 계절 끝에 오는 봄날의 따스함은 얼마나 좋은가.
봄은 왔지만 한참동안 음산하고도 차가운 회색빛 겨울잔영
은 계속됐다. 초미세먼지의 공포는 한반도를 위협했다. 문명

의 이기를 누리고자 발전한 현재는 각종 오류에 적신호가 켜졌다. 예전에 사하라 사막에서 불어오던 황사바람은 잠시 스쳤다 지나가는 불청객 정도라면, 지금의 한반도는 바람을 타고 이동한 중국 발 초미세먼지로 고치 속에 갇혀버린 애벌레처럼 속수무책이다. 중차대한 사안을 맞아 정부차원에서도 그 어떤 대안도 마련하지 못하고 전전긍긍 눈치만 보는 형국이다.

어느 날의 뉴스화면에 영화의 장면처럼 동남아 쪽 해안에 표류하는 플라스틱과 각종 오염물들의 더미를 보고 충격을 받았다. 저 쓰레기 더미는 먼 바다로 흘러들어갈 것이고 온 지구가족의 먹거리가 위협을 받을 것이다. 발전이라는 명목으로 각종 유해한 가스들로 오존층은 파괴되어 여름은 점점 더워지고 초미세먼지는 바람을 타고 오는 중국발이 아닌 우리나라에서 상주하게 될 재앙이 되는 날이 올지도 모른다.

얼마 전 중국여행길에서 뿌연 안개 속에서 한 치 앞도 볼 수 없었던 중국의 거리를 낯설게 바라보며 참 생소하고 우울했던 풍경은 오래도록 남아있다. 그때만 해도 그 우울했던 풍경은 이웃나라일이라고 생각했었다.

하나 뿐인 아름다운 이 지구를 지켜가야 할 방도를 어느 때보다도 심도 있게 논의 하고 실천하고 점검하면서 지구가족이 함께 해결해야 할 절체절명의 시간을 맞았다. 봄은 왔지

만 봄의 설레임은 저당 잡힌 채 우울한 날에 들려오는 벚꽃
엔딩의 노래가 희망이었다.

　며칠 전 산밭에 씨감자 한 박스는 심었고 파종할 볍씨는 여
러 개의 자루에 담아 하늘처럼 오르고 있는 서울 아파트값
처럼 높이 쌓아 올려두었다. 매년 그 봄 그맘때처럼 목련나
무는 수 만송이 목련꽃망울 속에 봄을 담고 있다. 꽃은 한꺼
번에 만개할 것이고 축포처럼 봄은 사방으로 번져나갈 것이
다. 따스한 지열을 품은 초록은 푸른 융단처럼 고속열차보다
빠르게 온 구포리 들녘을 점령해나갈 것이다.

　점점 짧아지는 봄밤에 나는 3.5미리 뜨개바늘로 얇은 실 두
가닥을 함께 합쳐서 지용,소민 쌍둥이 손주의 깜짝 생일 선
물을 준비하느라 바빠질 것이다. 어떤 모양의 옷이 만들어
질까 젊은 할머니는 궁금하다. 손주들이 태어난다는 것은 우
리가 매일매일 늙어감에 대한 큰 위로이며 무조건적인 사랑
을 줄 수 있는 완전한 기쁨의 원천이며 그 기쁨에 매일매일
감사하는 시간을 만나는 것이다. 나는 자꾸 놓쳐버린 코를
다시 잡아가며 인생길처럼 꼬여버린 실타래를 잘 풀어가며
한 줄 한 줄 씨줄 날줄을 잘 엮어서 그 위에 할머니의 빨주노
초파남보의 무지개 사랑을 덤으로 엮어서 마침내 특별한 옷
두 벌이 완성될 것이다. 생일은 아직 한참 남아있고 나는 아
직 여유를 부릴 수 있다. 그만큼의 행복을 더 누릴 수도 있을

것이다. 할머니가 되는 일도 아주 근사한 일이다. 나는 그렇
게 생각한다.

　봄 햇살이 퍼지면 서둘러 옥수수 파종을 해야 한다. 겨울김
장 담는 일처럼 목장에서는 중요한 저장먹거리를 만드는 일
의 시작이다. 비료 살포기를 달고 한 차례 밭을 종횡무진 달
린다. 긴 겨울 속 깊이 얼어버린 문전옥답이 봄 햇살에 풀어
지고, 초봄부터 까맣게 미리 타버리는 아랫집 남자를 보면
서 추장만들 같다고 한 바탕 놀리다 보면 온 동네 사람들
이 봄볕에 단체로 까맣게 타버려서 온 동네 사람들이 아프리
카추장 만아들이 되어버리는 것은 한 순간이다. 아랫집남자
는 쟁기를 달고 밭을 갈아엎고 우리 집 남자는 갈아엎은 땅
을 다시 로터리작업을 한다. 시루떡고물처럼 포슬 해진 땅에
일렬종대로 옥수수씨앗을 심는다. 그 작업 중간에 우리 집
남자는 어떤 모임의 회장턱을 낸다고 친구들을 불러 모아 안
양식당에서 터를 잡고 낙지를 안주삼아 세월을 낚다 돌아왔
으니 일렬종대의 옥수수 파종은 천만의 말씀이 되어버린 지
오래일 것이다. 그렇거나 말거나 아랫집남자는 올 봄 첫 손
주를 봤음에 트랙터 소리는 팡팡 힘이 좋았고 우리 집 남자
의 일탈에도 너그러웠을 것이라 다행이다. 그렇게 공동작업
의 옥수수 파종은 끝났고 제초제를 풀어서 무진의 안개처럼
자욱하게 살포하고 나니 봄은 벌써 이만큼 코 앞까지 당도했
다.

봄날은 그렇게 우리에게 왔다.

봄날은 벚꽃엔딩의 노래가사처럼 매력적으로 뒤집어지고
구르고 엎어지면서 고속열차보다 빠르게 우리에게 왔다.

로키산맥 아싸바스카 빙하

로키산맥은 산 전체가 퇴적암으로 되어있는 산이다. 미국의 여러 주를 거쳐 캐나다에까지 남북으로 길이 4800키로미터 폭이 200키로미터나 되는 거대한 산맥이다. 처음 이곳은 바다였다가 로키산맥이 1억 5천만 년 전에서 1억 6천만 년 전에 형성되었다고 학자들은 말한다. 9천만 년 동안 지각 변동에 의해 솟아올라 군집을 이룬 것이 로키산맥이다. 그 후 이곳은 거대한 빙하지역이었다고 한다.

이곳의 주종은 침엽수인 가문비나무 전나무 소나무로 이루어져있다. 침엽수가 70% 나머지 활엽수가 30%이다. 그런데 일정높이까지만 나무가 자라고 있었다. 그 높이가 수목한계선이라고 한다. 깨끗하고 맑은 날은 1년 중 3주정도 밖에

되지 않는다고 한다. 그런데 오늘은 가시거리가 멀다. 가시거리가100키로미터나 되는 청정지역이라고 한다. 창밖으로 보이는 아주 가까운 산의 거리가 20리 밖이라고 하니 믿어지지 않았다. 해발 3500미터 산맥의 숫자가 8600개 빙원이 30개 빙하가 250여개 그 빙하가 흘러내린 호수가 3400개쯤 된다고 하니 놀랍기만 하다. 이곳을 오르다 보니 안동댐처럼 수력발전을 만들기 위해 만들어진 거대한 미네왕카라는 인공호수가 보였다. 원주민의 말로 슬픈영혼이라는 이름을 가진 미네왕카는, 보호구역을 만들어 원주민을 이주시키는 과정에서 한 가구 4명은 차라리 수장되는 선택을 한 아픈 사연을 갖게 된 호수라고 한다. 저 가슴밑바닥에서부터 저릿한 슬픔이 스멀스멀 나를 점령해버렸다. 그 사람은 비굴한 삶 대신 죽음으로 정면 도전한 것이다. 영문학자 장영희씨가 번역한 어느 아메리칸 인디언의 기도가 저 호수 밑바닥에 수장된 가장의 기도이지 않았을까 하고 나는 생각한다.

내 무덤가에 서서 울지 마세요.
난 거기 없고, 잠들지 않았습니다.
나는 이리저리 부는 바람이며
금강석처럼 반짝이는 눈이며
무르익은 곡식을 비추는 햇빛이며
촉촉이 내리는 가을비입니다.
당신이 숨죽인 듯 고요한 아침에 깨면

나는 원을 그리며 포르르
날아오르는 말없는 새이며
밤에 부드럽게 빛나는 별입니다.
내 무덤가에 서서 울지 마세요.
나는 거기 없습니다. 죽지 않았으니까요.

난 조용히 인디언의 기도를 그 가장을 위해 올렸다. 내 눈
가가 젖어들었다. 나는 이리저리 부는 바람이며...금강석처
럼 반짝이는 눈이며...무르익은 곡식을 비추는 햇빛이며...촉
촉이 내리는 가을비입니다...

그대 편히 잠드소서. 이름도 얼굴도 모르는 이 아름다운 땅
의 주인이었던, 지혜로 깊은 눈을 가졌을 그대를 사랑합니
다.

아픈 마음을 가슴에 품고 여행은 계속되었다. 이곳의 겨울
은 6개월 동안 계속된다. 11월부터 4월까지가 겨울이다. 영
하45도의 겨울, 빙하지역은 60도까지 떨어진다. 그 겨울에
눈은 계속 쌓일 것이고 곰들의 겨울잠은 깊어질 것이다. 이
곳에 7월부터 꽃이 피기 시작하여 8월 초에서 9월 중순까지
아네모네 히야신스 에델바이스가 피기 시작하면 천국의 정
원으로 불린다. 그 꽃들에서 꿀을 모은 꿀벌들이 빙하의 틈
새에다 벌집을 지어 달콤한 꿀을 저장할 것이고 그 곰들이
벌어진 빙하의 틈에 달린 꿀을 찾으러 겨울 눈 내린 설원에

발자국을 남기면 원주민들은 그 발자국을 따라 꿀을 찾는다고 한다. 곰들은 달콤한 꿀을 넉넉히 먹고 겨울잠에 든다고 하니 한 편의 겨울동화 같은 기분이 들었다.

   땅의 기운과 주위 산들의 위엄이 예사롭지 않더니만 드디어 컬럼비아 대 빙원의 아싸바스카 빙하에 도착하였다. 거대한 설상카를 타고 해발 2450미터높이에서 240미터의 얼음두께위에 당당히 섰다. 빙하가 흘러내린 물의 유속이 빨라 걱정이 되었다. 지금 내가 떠나온 대한민국이 40도가 넘은 무더위에 정신을 차릴 수 없다는데 이 빙원이 온전해야 모든 지구가족이 살기가 편해질 것 같아 마음이 무거웠다. 지구온난화가 가속되면 앞으로 어떤 재앙이 닥쳐올지 모를 불안감에 천근만근인 마음을 안고 다시 그 높은 설산을 내려오면서 세상에서 가장아름다운 도로로 유네스코에 등재된 아름다운 길을 오래오래 눈에 담았다. 침엽수와 군데군데 옥색빙하수를 담은 호수와 빙원을 안고 있는 높은 산과 빙하가 보이는 산을 지나 끝없이 흐르는 보우강을 따라 도무지 현실 같지 않은 이 지역을 통과했다.

썸머 스쿨

강화도 하점면 이강리에 있는 한단문화원으로 수원기타오케스트라 단원들이 7월 12일 토요일 일박이일 일정으로 썸머 스쿨을 떠날 예정이다. 다뉴브강의 물결, 탱고, 전설. 피카피카, 네 곡을 집중 연습한다고 하니 재능 없는 나는 이유를 댈 수가 없다. 10월에 있을 정기연주회 준비 겸 친목 겸 떠나는 일에 나는 또 합류할 것이다.

늘 떠나고 싶은 욕망과 갈 수 없는 처지가 충돌한다. 하지만 매번 합류를 하면서도 홀가분하지 못하다. 하루도 쉴 수 없는 목장일이 내 발목을 잡는다. 또 남편은 꿩의 새끼마냥 나갈 궁리만 한다고 한 마디 할 것이다.

나이 마흔 아홉에 나는 무모한 도전을 했다. 오랜 시간 문학소녀로 살아왔던 나는 좋아하는 책을 읽기가 불편해졌다. 노안으로 접어든 것이다. 이러다가는 하고 싶은 일을 할 기회를 놓칠 것 같은 조바심에 과감하게 문예창작학과에 원서를 넣었다. 목장 일을 해가며 먹거리 농사를 짓는 남편을 도와가며 타지에서 공부하는 자식 셋 먹이고 입히고 교육시키는 일도 버거운데 철이 없는 엄마는 과감하게 도전을 하고 말았다. 욕망과 현실의 충돌은 감당할 수 없는 무게로 나를 흔들어놓곤 했다. 나는 매번 선택의 기로에서 이성보다는 감정이 가는 쪽으로 결정을 한 뒤에 마음고생을 숱하게 하는 편이다.

인생이 그러하다. 머물고 멈추기를 반복하다 어느 날 선연한 기억 한 줄 남기고 안개처럼 사라지고 만다. 그동안 학과 사랑방에서 문학후기라는 명제를 달고서 아니면, 가슴 젖어내리는 은빛 그리움으로 슬픈 음률을 배경으로 이카루스의 비상을 꿈꾸곤 했다. 문학을 즐긴다는 것은 이카루스의 비상처럼 결국 바다라는 허방에 떨어진다는 것을 모르는 것은 아니었지만 밀랍의 가벼움에 취했던 날들의 따뜻한 슬픔에 젖어 이별의식을 연습한다. 그 많은 강의와 과제를 완수하기 위해 눈물겹도록 겪은 고통의 시간들이 지금, 내게 무엇을 줄 수 있을까. 노동의 환산으로 지불된 지폐의 부피가 그렇게 목말라 했던 지적 호기심의 충족의 성과물이 온도계의 붉은 기둥처럼 그 노고가 눈에 보였으면 참 좋겠다는 생각을 해본다.

그 고통의 시간들은, 세상과 사람에 대해서도 많이 겸손해졌다. 그리고 지금보다 더 척박한 시간대에 머물지라도 충만할 수 있을 거라는 자신이 생겼다. 옳고 그름에 대한 판단이 좀 더 확연해졌고 우유부단했던 내 생각을 표현하는데 용기가 생겼다. 세상을 보는 시선이 좀 더 따뜻해졌고 세상을 보는 관점이 좀 더 명쾌해졌다. 어디에 있을 지라도 안주하지 않을 생각이다. 문학공부는 이제부터 제대로 할 생각이다. 그동안 참 소홀했던 가족을 위해 음식 만드는 시간을 많이 가질 생각이라는 다짐을 내 마흔 아홉의 페이지에서 발견했다. 지금 생각해보면 꽃 같은 마흔 아홉의 나이였다. 참 아름다운 시간이었고 날들이었다. 그렇게 빛나던 화사한 날을 그때는 고통스럽게만 생각했다.

이제 내 나이 쉰 아홉, 새로운 도전을 했다. 그동안 장안구청 기타반에서 7년 동안 기타 수업을 받았지만, 그럼에도 불구하고 재능이 없음을 알았지만, 수원기타오케스트라에 입단을 했다. 문학이 음악이고 음악이 문학이기에 그 옮겨감은 자연스러웠다. 밥을 먹고 살기 위한 노역도 소중하고 그 노역을 가볍게 하는 여가를 즐기는 것도 또한 필요하다. 넘치지도 부족하지도 않게, 가능하면 가볍게 살아 볼 일이다. 나

는 이번 썸머 스쿨에 참여하여 기량을 닦아서 연주자의 행복
을 내 인생의 덤으로 챙기고 싶다.

중국 태항산을 다녀오다

 연전에 축협 조합원들과 함께 백두산 여행을 했던 사람들과 다시 의기투합하여 정주, 태항산, 소림사를 둘러볼 일정을 잡았다. 삼월초의 꽃샘추위 때문에 두꺼운 여러 벌의 옷을 여행 가방에 넣어야 했다.

 그 춥던 지난겨울은 정저우를 향해 나는 비행기속에서 아득히 멀어져갔다. 황산, 백두산, 그리고 이번이 세 번째 중국 여행길이다. 정주, 태항산, 소림사에서 보낼 4박5일의 일정은 내 인생에서 어떤 무늬의 퇴적층으로 남을 수 있을지, 이런 저런 생각에 젖어드는 찰나의 시간에 공간이동은 마법처럼 정저우에 도착한다.

인천국제공항을 출발한지 2시간 30분의 비행 끝에 도착한 신정국제공항은 너무나 가까운 이웃나라였다. 정주는 허난성의 중부에 있는 도시이며 주나라 때부터 발달한 옛 도시로 정저우로 불린다. 최근 시의 남쪽 교외에서 4000년 전의 도시 유적이 발견되어 갑골문자와 청동기연구가 활발하다. 기온은 우리나라 보다 좀 더 높은 듯 했다. 내가 살던 마을에선 아직 겨울잠에 빠져있던 복사꽃과 목련이 이곳 정주거리에서 화사하게 피어나고 있었다. 공항 근처에서 중국 현지식으로 늦은 점심을 먹고 구련 산으로 향했다.

　아시아의 그랜드캐년이라 불리는 산맥의 길이만 해도 600km인 태항산 대협곡을 향해 17명의 우리 일행은 정주 시내를 벗어나 안전밸트도 없는 후줄근한 승합차를 타고 어젯밤에 폭우로 불어난 검붉은 흙탕물인 황하강의 넓은 강줄기를 가로질러 끝도 없이 이어지는 밀밭 길을 따라 잠속으로 빠져들었다. 하염없이 쏟아지는 잠은 덜컹거리는 충격으로 다시 공간이동을 맞는다.

　내가 비몽사몽간에 맞이한 그 풍경은 믿어지지 않았다. 제주도의 바람은 이곳에선 명함도 내어 밀 수 없다. 세상의 온갖 버려야 할 것들이 다 모인 쓰레기들의 축제 같았다. 눈을 떠도 심 봉사나 다를 바 없었다. 뿌우연 흙바람은 온갖 쓰레기와 가지각색의 비닐종이들을 날리며 아우성을 치고 있었다. 일 년 내내 이곳은 거의 비가 내리지 않는 곳이며, 바람은 인정사정없이 불어대는 곳, 어떤 비경을 숨겨두었기에 이방인의 발길을 이렇게 필사적으로 막고 있는지, 사뭇 궁금해진다. 도로 옆 곳곳에는 무더기로 돌을 모아둔 곳이 많았다. 집채 만 한 돌들이 팔려 나가기 위해 몸단장에 분주했다. 아마도 일부는 부자들의 정원에 자본주의 상징으로 놓여 질 물건으로 팔려나가게 될 것이라는 생각이 들었다. 우리가 가고자 하는 태항산은 돌을 넉넉하게 품은 산이라는 것을 충분히 알 수 있었다. 그 산을 오르면서 본 것은 비가 오지 않는 지역특성상 물관리가 철저했다. 높은 산에서 내려오는 물줄기를 잘 활용하여 한 방울의 물도 허실되지 않도록 물길을 잘 만들어 놓았다. 그 물길에서 필요한 만큼의 물을 끌어다 쓸 수 있도록 관개시설이 오밀조밀 잘 만들어졌다. 인간의 적응력이 얼마나 대단한지 들여다보면서 악조건에서 얻어낸 옛날 사람들의 지혜를 볼 수 있었다. 사람살이는 어디나 다 비슷하다. 살고 있는 거주지에서 그 땅을 지키며 살아내기 위해서는 그 처절한 악조건의 일부가 되어 순응하면서 살아낸다. 인간의 위대함은 어떤 조건에서도 지금보다 좀 더 나은 삶을 위해 고군분투하는 모습에서 시작된다는 생각이 들었다.

장가계의 수려한 경치와 황산의 웅장함이 더해진 아홉 개의 연화가 피어오른 듯 하여 붙여진 구련산은 태항산 대협곡

남부에 위치하며 120m의 천호폭포, 웅장한 하늘의 문과 같은 천문구, 소박한 원주민들이 살고 있는 서련촌을 둘러보며 숨겨진 비경에 감탄사만 연발했다. 다시 올라왔던 길을 되짚어 내려가면서 깎아지른 그 높은 산꼭대기까지 엘리베이터를 만들어 놓은 중국인의 의지에 놀랐다. 그 놀라움의 경치를 보여주기 위해 이렇게 많은 시간과 경비를 들였으면 여행지 초입에 있던 화장실은 좀 더 개선의 여지가 있다는 생각을 왜 못했을까? 아무리 생각해도 이해할 수가 없었다. 초입에 있던 화장실의 문은 고사하고라도 휴지는 산처럼 쌓여있고 쌓여있는 것이 휴지뿐만이 아니었다. 백두산 여행 때도 이번일 만큼 충격적인 일이 있었다. 백두산의 첫 마을 이도백하에 가기 위해 통화에서 기차 한 량을 우리 일행이 통째로 탑승했다. 한 칸에 4명이 들었다. 2층으로 된 침대칸이었는데 먼지가 풀풀 나고 이불깃은 때로 반질반질 윤이 났다. 그래도 새벽엔 너무 기온이 떨어져서 그 더러운 이불을 무심결에 끌어다 덮었다. 그 4명중에 젊었다고 나는 2층으로 올라갔는데 불행하게도 2층 침대칸의 이불은 정말 불결했다. 그 유명한 백두산 천지에 오르기 위해서 수많은 여행객이 아마도 나와 같은 코스로 백두산을 오를 것이다. 자국을 찾는 여행객에 대한 가장 기본적인 예의를 소홀히 하는 중국인의 뇌구조가 궁금하다. 다음 일정을 위하여 우리일행은 1시간의 이동거리인 신향으로 향했다.

호텔조식 후에 한 시간쯤 차를 몰아 휘현으로 향했다. 남태항의 절경을 감 상하며 천계산에서 왕망령 정상까지 셔틀버스로 이동하며 깍아지른 절벽에 바위를 뚫어 터널을 만들어 놓은 괘벽공로를 통과하면서, 기암괴봉과 운해를 감상하였다. 다시 일명 빵빵 차라는 이름으로 불리는 탈것에 나눠 타고 비경을 찾아 사진도 찍으면서 무궁무진한 볼거리를 탐색했다. 그 높은 산속에서도 산자락에 사람이 기대어 살고 있는 모습을 볼 수 있었다. 높은 산자락에 밭을 일구어 연명을 하고 살아가는 사람들을 보면서 사람살이가 천차만별이라는 생각이 들었다.

태항산대협곡을 구경하면서 높은 산 중턱, 빵빵 차에서 울려나오는 오빠는 강남스타일에 발맞추어 우리는 자유로운 영혼이 되어 한바탕 강남스타일의 말 춤을 추기 시작했다. 얼마 전에 비봉농협에서 농협건물을 이전한지 일 년 되는 행사의 일환으로 한바탕 축제가 벌어졌다. 아침부터 추적추적 가을비가 내려 을씨년스러웠지만 행사는 진행되었다. 몇 개월 동안 연습한 라인댄스팀의 절반은 계속 빠지지 않아서 잘 추는 사람들이고 절반은 먹고사는 일에 발목 잡혀 어영부영 다닌 사람들이었다. 어영부영 다닌 사람들은 앞 두 줄을 보면서 곁눈질을 해야 하는 상황이었다. 비가 오는 상황에 무대가 좁아져서 앞 두 줄은 무대 밑으로 어영부영 두 줄은 무대 위로 올라가게 되었다. 나는 물론 어영부영 무대 중앙에 자리를 잡았고 난 최선을 다해 위기를 극복해야하는 절체절명의 순간을 맞이한 것이다. 음악은 흘렀고 우리는 연습처럼 신명나게 춤을 추고 내려왔다. 그렇다. 인생은 이렇게 돌발 상황이 벌어진다. 전혀 예상하지 못한 중간 자리에 있던 사람들이 조명을 받을 일이 생긴다. 또 이곳에서 단체로 말춤을 출 줄이야 전혀 뜻밖의 상황이라서 즐거웠다.

다시 1시간 30분을 달려 만인의 신선이 산다는 만선 산을 둘러보고 임주로 향했다. 고단한 여행지의 밤은 지나고 다시 태항대협곡을 구경하기 위해 환산선 도로를 따라 차량관광과 도보관광을 병행하였다. 복숭아꽃이 만개해 있다하여 붙여진 도화 곡의 비경들이 계곡마다 파노라마처럼 펼쳐진다. 한 계곡만이라도 삽으로 뚝 떼어 강원도 삼척 오십천 강줄기에 그림처럼 붙여놓고 싶었다. 한탄과 아쉬움을 뒤로하고 마지막 여행지인 정주로 향했다.

이름만 듣던 낙양거리를 흐느적흐느적 걷는 일이 실감나지 않는다. 이화 강 아래를 걷노라니 우리 일행을 보고 중국의 젊은 아가씨가 뛰어온다. 한국에서 왔냐고 물으면서 부산에서 공부를 했노라고 반가워 어쩔 줄 모른다. 참 가까운 지구가족이라는 생각이 들었다. 낙양은 중국 허난성 서부에 있는 도시로 중국의 7대의 오래된 도시다. 수당시대의 국도이기도 하다. 용문석굴은 마치 거대한 벌집과 같았다. 이

화강을 사이에 두고 마주보는 용문산과 향산의 암벽을 따라 1.5km에 걸쳐 조성된 중국의 3대 석굴로 꼽히는 이곳은 특히 예술성이 높고 정교하며 아름다운 조각으로 유명하다. 10만 여점이 넘는 불상이 제각기 다른 표정이라니 놀라울 뿐이다. 불상머리를 소장하면 복이 온다는 미신 때문에 머리가 떨어져나간 불상이 많았고 도굴 단에 의한 불법반출과 문화혁명당시 홍위병에 의해 파손된 불상도 많았다고 전한다. 문화혁명은 권좌에서 밀려난 모택동이 당권파를 숙청하기 위해 일으킨 일종의 탈권운동이다.

용문석굴 맞은편에 향산거사로 불렸던, 이백과 함께 중국 당나라 최고의 시인으로 추앙되며 시인이자 관리였던 백거이묘를 둘러보면서 백거이 시로 유명한 장한가를 떠올렸다. 이 시는 양귀비를 떠올리게 하는 현종의 방탕한 생활을 '짧은 봄밤을 한탄하며 중천에 해가 떠서야 일어나니 황제는 이로부터 조회를 보지 않았네' 라고 비난하는 시로 인해 결국 좌천을 하게 된다.그리고 좌천의 울분을 담아 비파행을 썼으며 다시 조정의 부름을 받았지만 조정관리들과의 정치싸움에 혐오를 느껴 벼슬을 버리고 낙양으로 은거했다. 일생동안 2천 8백여수를 시를 지었으며 후세에 그의 인품과 문학적 가치는 길이 빛이 났다. 시인이 살아온 시대가 불운했기에 장한가와 비파행처럼 절창의 시를 지을 수 있었다는 생각에 나라가 불행하면 시인이 쓸 소재가 많아 행복하다는 다소 아이러니한 묘한 기분에 실없이 웃는다.

다시 임주로 돌아와 중국 하남성 숭산에 있는 사찰인 소림
사를 둘러봤다. 그 유명한 소림권법의 시초는 달마대사가 면
벽수련을 하는 승려들의 건강을 위하여 다섯가지 동물의 움
직임을 본떠 만들었다고 한다. 사찰 곳곳에는 수련의 흔적으
로 단단한 은행나무를 손가락으로 격파한 흔적들이 빼곡했
다. 지금도 5000여명의 수련생들이 무술을 연마하고 있는 무
술학교를 둘러보면서 소림사무술학교로 포장해서 인간병기
를 키우는 것 같아 인해전술을 겪은 우리로서는 심기가 불
편했다. 여러 중국의 모습을 둘러보면서 우리나라가 강해져
야만 살아남을 수 있다는 비장한 각오를 다지는 계기가 되었
다. 유비무환이다.

호텔 엘베이터 안에서 국적을 알 수 없는 아시아인을 만났
다. 한국에서 왔냐고 묻는 듯 했다. "아하, 오빠는 강남스타
일!" 대답과 동시에 우리는 좁은 엘리베이터 안에서 그 아시
아인들과 함께 한바탕 말 춤을 추었다. 여행지에서 만난 사
람 모두 유쾌했다. 어디선가 꽃잎 벌어지는 소리 들린다. 활
짝 핀 꽃잎 몇 장, 오십대 내 시간의 지층에 남겨두고 한껏
가벼워진 마음으로 내 삶의 거처로 향했다.

눈 깜빡 할 사이에 일어난 일

오늘은 수원여고 동창이 혼주가 되는 날이다. 그 먼 거리를 기꺼운 마음으로 달려왔다. 그 먼 거리만큼이나 오래전 청포도 익어가는 교정에서 참새처럼 재잘 재잘거리며 우리의 성장통을 매일매일 기록했다. 그 시절은 우리가 겪지 못한 미래에 대한 꿈과 불안이 혼재한 날이기도 했다. 지금에서 생각해보니 우리들이 만났던 그 시절은 윤슬처럼 반짝거리는 화사한 봄날이었다.

경상도 상주에서 중학교를 졸업하고 수원한전에 근무하던 작은오빠는 수원여고 원서를 우편으로 보내왔다. 보내온 원서에는 수원여고에 대한 정보는 전혀 없던 터라 종이 한 장을 놓고 잔뜩 긴장을 했다. 내 아버지는 젊은 날에 생을 마감

하셨다. 아버지의 생은 붉은 꽃송이로 뚝 떨어지는 남해 바닷가의 동백꽃을 닮았다는 생각이 든다. 아버지께서 경제를 책임지는 가장의 자리에 오래 살아계셨다면 내 인생도 달라졌을 것이라는 생각을 많이 했다. 아버지의 부재로 내 인생의 상실감은 오래도록 계속되면서 나를 지배했다.

그 후에 큰 오빠와 작은 오빠가 가장노릇을 했다. 그 첫 번째 가장노릇의 시작이 나를 옆에 두고 고등학교 공부를 시키는 일이었다. 오빠와 함께 고등학교 예비 소집 날에 수원여고 정문 앞 길 건너에 큰 집을 지니고 사는 육촌언니를 방문했다. 그 언니는 대뜸 "너 잘못 왔다. 네가 얼마나 공부를 잘했는지는 몰라도 이곳은 아무나 오는 곳이 아니다. 인근지역에서 내로라하는 공부 잘하는 애들이 모이는 곳이다. 경기도의 명문 고등학교인데 네가 상주 촌에서 겁 없이 이 학교엘 시험 보러 왔다면 어림없는 일이다."
살면서 그런 돌 직구를 맞아보긴 처음 있는 일이었다. 실력이었건 행운이었건 그 학교에 나는 합격을 했고 경상도 상주읍 외서면소재지 지서 밑에 살고 계시는 혼자 남은 엄마한테 고등학교 합격통지문의 전보를 보냈다. 학교정문 앞 길 건너 성처럼 버티고 섰던 그 육촌언니 집에는 큰 볼일 없이 졸업을 하고 나도 그 거리에서 멀어져왔다.

낯선 곳에서 상경한 어리숙한 친구를 가장 많이 품어 준 고마운 친구가 오늘 혼주자리에 앉았다. 딸을 재원으로 잘 키워서 그에 합당한 좋은 남자를 만나 화사하고도 따뜻한 저녁 결혼식을 올렸다. 욕심내서 여러 장의 사진을 찍다보니 완벽하게 충전을 한 아이패드 전원이 나가버렸다. 순간 내 몸을 흐르던 전류도 함께 나가버린 아득함을 느꼈다. 수원 성균관대 근처에다 차를 두고 갔으니 어찌어찌 가라고 일러준 아들의 메시지도 함께 사라졌다. 전원이 사라지면서 순간 암흑이었다. 전혀 예상하지 못한 일이 일어났다. 성대에서 금정도착 다시 4호선으로 이수역에 도착, 다시 7호선으로 고속터미널 도착, 다시 3호선으로 신사역 도착이라는 메시지를 기억하면서 차근차근 되짚어 내려올 일이다. 내 차로만 비봉에서 수원으로 전철처럼 왔다갔다 반복하고 살았으니 그 궤도를 이탈할 때는 매번 서툴고 긴장하게 된다. 4호선으로 갈아타고 안도하는 순간, 술이 얼큰하게 취한 중년의 남자가 중심을 잃고 흔들흔들 거리고 서 있었다.

밤 시간이라 전철안에 빈자리가 나기 시작했다. 술 취한 남자의 앞에도 빈 자리가 생겨 그 남자도 한 자리를 차지했다. 그 남자가 앉게 되어 참 다행이라고 생각한 시간이 길지 않았다. 남자는 어디가 불편했던지 자리에서 일어나서 처음 흔들거리고 섰던 중앙통로에 서서 왼쪽 전체에 마비가 오는지 몸을 뒤틀면서 왼쪽 어깨를 오른팔로 내리치며 고통스러워했다. 그러던 중 전철은 다음 목적지에 정차했고 초등학교쯤 다닐 것 같은 딸을 데리고 젊은 엄마가 그 문제의 빈 자리에 딸을 앉히면서 안도했다. 그 순간에 술 취한 중년의 남자가 젊은 아이의 엄마를 향해 거침없는 육두문자를 날렸다. 입에 담을 수도 없는 거친 말을 쏟아 붓는다. 무심코 딸을 앉혔던 그 젊은 엄마는 혼비백산하여 구석진 곳으로 가서 죄인처럼 딸을 감싸 안았다. 그 남자는 좀 전에 고통으로 일그러졌던 모습은 어디로 갔는지 그 자리를 차지하고서도 화를 다스리지 못하고 계속 모녀를 향해 육두문자를 날렸다. 그러자 어디서부터 왔는지 순간, 체격이 건장한 남자가 문제의 남자 앞을 턱 버티고 서 있었다. 난 그 남자가 우연히 그 자리에 서 있거나 아니면 문제의 남자가 다른 행동을 못하게 다수의 승객을 보호하는 의인이겠거니 생각을 했다. 이제 문제의 남자는 앞에 버티고 서 있는 남자에게 끊임없이 두서없는 말을 시작했다. 물론 육두문자를 거침없이 쏟아 붓는 술 취한 남자가 건네는 얘기였으니 불편한 내용들이었다. 마침 내 옆자리가 비어 있었고 완벽하게 막아서 있던 남자가 옮겨와 앉았다. 그 남자와 약속이나 한 듯이 정복을 입은 남자 둘이서 나타나서 그 문제의 남자를 설득하기 시작했다. 잠시 쉬었다가 술이 깨면 댁으로 돌아가시라는 설득이었지만 그 남자는 벌써 통제가 불가능해 보였다. 온몸으로 거부의 반응을 보냈다. 바로 그 순간 내 옆의 남자가 독수리가 먹이를 채 가듯 뒷덜미를 우악스럽게 잡더니 열린 전철 문으로 사정없이 짐짝처럼 밀어버렸다. 순식간에 내동이 쳐진 그 남자는 전철 안의 남자를 향해 필사적인 흥분을 했지만 전철문은 닫혔고 전철은 다음 목적지를 향해 서서히 움직였다. 그리고 건장한 남자는 핸드폰을 의미 있게 고쳐 잡더니 다른 칸으로 옮겨갔다. 그 남자는 이런 일을 수습하는 사람이었을지도 모른다는 생각이 들었다. 그 현장을 목도하고 순간 얼어버린 것은 바로 나였다.

영화관에서 영화 한 편을 본 듯한 현실감 없는 시간이었다. 미국 암흑가의 제 1인자인 마피아의 대부 돈 꼴레오네의 호화저택에서 막내딸 코니의 결혼식이 열리고, 나 역시 화사하고 따뜻했던 저녁 결혼식을 보고 돌아오는 전철 안의 풍경은, 마치 대부영화의 한 장면에 크로즈업 되었다. 화려한 결혼식을 마치고 뜻을 달리하는 다른 집단을 제거하는 마피아의 어두운 암흑가의 폭력성은 오늘 전철 안에서 순식간에 전철 밖으로 짐짝처럼 무참하게 던져진 한 남자의 처지와 닮은 듯했다.

술 취한 남자의 가족이 생각났다. 남자의 가족이 지속적으로 받았을 상처에 대해 생각했다. 그 상처에도 불구하고 가족은 가장이 돌아올 시간을 지체하는 것을 염려하고 있을 것이다. 남자는 분명, 습관처럼 술을 마시고 습관처럼 불특정 다수를 향해 분노를 참지 못하고 분노를 좋지 않은 방법으로 풀었을 것이다. 술을 습관처럼 마시는 가장을 둔 가족의 역사는 피폐해진다. 술의 탐닉에 빠진 가장들이시여, 가족은 행복해질 권리가 있는 것이다.

　모든 가정은 가장이 바로서야 가족이 행복할 수 있고 더불어 살아가는 사회도 건강할 수 있다. 우리는 이 세상을 함께 살아가는 사회구성원으로서 자신을 먼저 온전히 지키면서 바로 서야한다. 어떤 경우에도 부당한 대접을 받지 않으려면 명심할 진저 내가 먼저 온전한 품위를 지켜야 한다.

내 인생의 혹한기

겨울이 왔다. 지난해처럼 때 없이 비가 와 목장 일 년 먹을거리인 볏짚 걷어 들이기가 해를 넘길 것 같다. 지난해도 그랬다. 일월 중 건조한 틈을 타서 겨울 들녘에서 볏짚 끌어 들이기에 바빴다. 딸과 막내아들과 남편이 봉고 트럭에 볏짚을 올리던 중 남편이 중심을 잃고 꽝꽝 언 논바닥으로 떨어졌다. 남편에게 흔들린다는 경고를 보냈지만 나의 경고를 무시하고 오히려 내 목소리가 신경 쓰인다고 큰소리를 치는 동시에 볏짚과 사람이 함께 무너져 내렸다. 아파트 이층 높이에서 떨어진 것이다. 고통에 일그러진 표정은 내가 앞으로 겪을 시련을 예고했다. 가까운 남양에 있는 동수원 병원으로 옮겼다. 사진을 찍어보니 발뒤꿈치 뼈에 금이 간 상태였다. 그것은 불행한 일이었다. 내겐 절망의 전주곡이기도 했다.

쇠를 박고 깁스를 했다. 수술하는 날도 남편은 병원에 혼자 남았다.

엉겁결에 가장의 짐을 짊어진 나는 씩씩해야 했다. 일꾼 몇을 구해서 남편 몫까지 맡을 수 밖에 없었다. 목장 일을 하면서 그 많은 볏짚 끌어들이는 일의 책임을 져야했다. 다행히 방학 중이라 아이들이 얼마간은 함께 했다. 겨울 한 복판에 삶의 무게에 눌려서 사는 즐거움을 잃어버린 현실을 살아야 했다. 가끔 아주 가끔 입원중인 남편의 심기도 헤아려야 했다.

온종일 일을 했다. 길고 긴 겨울이었다. 막내아들이 말을 했다. "엄마 우리 집에 주부는 없어요. 시장을 보고 음식을 만들고 음악을 듣고 커피를 마시는 여유를 즐기는 그런 주부는 없고 하루 종일 일하고 쉬고 대충 먹고 잠자고, 또 반복의 생활, 나는 결혼하면 엄마처럼 살게 하진 않을래요." 아들의 말은 충격이었지만 이것은 내 피할 수 없는 절박한 현실이었다. 목장일은 식구들의 목숨 줄이 걸린 삶의 일터였다.

한 달쯤 지나 깁스를 풀었지만 상태가 좋지 않아 다시 깁스를 했다. 일각이 여삼추같은 시간이 흘렀다. 어느 날 남편을 데리고 병원 문을 들어서는데 구두를 신은 발가락이 아파서 걸음이 불편했다. 사람의 몸은 정직했다. 힘든 노동의 생활은 발가락 사이에 커다란 티눈을 만들어 놓았다. 남편을 정형외과에 두고 생각 없이 외과에 들러 의사 선생님께 발가락을 보였더니 아주 간단히 결정을 했다. 그곳을 도려내자고 했다. 나는 생각없이 그러자고 했다. 수술실로 따라 들어갔다. 그곳만 절제하면 아픔이 동시에 사라질 것 이라는 착각을 한 것이다. 이 나이가 되도록 생각의 짧음이 그토록 원망스러운 적이 없었다. 불편하더라도 좀 더 뒤로 미룰 일이었는데 이미 돌이킬 수 없는 판단을 한 후였다. 진통제의 약효가 끝나고 혼자 힘든 목장 일을 하면서 노동은 심한 통증을 몰고 왔다. 누구도 대신할 수 없는 그 일은 내 몫이었다.

내 인생의 가장 큰 후회의 시간이었다. 가장 많이 절망하고 가장 많이 울었던 시간이었다. 내 절망과는 상관없이 시간이 흐르니 그래도 봄은 찾아왔다. 찾아온 봄을 우리 부부는 오리걸음으로 맞이했다. 흙도 봄을 먼저 마중했다. 삽으로 부드러운 흙을 뒤집어 보면 꿈틀거리는 그 많은 지렁이들, 그 많은 풀씨들이 싹을 틔울 준비에 여념이 없었다. 흙의 건강함에 안도한다. 그리고 막을 수 없는 의지들을 생각한다.

어느 날 아침 목장에 들어서다 아! 탄성을 지르고 말았다. 모든 피곤이 일시에 사라지고 희열만이 나를 행복하게 했다. 거미줄이 성으로 만들어 낸 연출은 마법의 성에 들어선 착각을 느끼게 했다. 순간 초대받은 손님이 된 듯 했다. 어디에 그 많은 거미줄이 이 아름다운 순간을 연출하는가.

한 뼘의 키로 자신의 영역을 지키면서 뿌리를 내리고 가지를 뻗어 꽃을 피운 민들레 홀씨를 날리는 바람이 그러하고 징그러운 배추벌레가 비밀스러운 시간에 우화를 해서 폴폴 날아다니는 것이 그러하고 한 겨울에 전혀 예기치 않은 곳에서 거미줄이 내게 베풀어준 〈마법의 성〉의 초대가 그러했다.

올겨울에도 그 환상의 성에 초대받을 행운이 오지 않을까 하는 바람으로 거미줄을 치우지 않고 있다. 지금 생각해보면 고통의 시간을 견디게 해 준 것은 비현실적인 것들이 주는 위안이었던 것 같다. 그런 것들이 또 삶의 원동력이 된다는 것을 알았다. 세상을 살다보면 그 끔찍했던 순간을 되돌려 놓을 수만 있다면 얼마나 좋을까 하는 후회가 들 때도 있다. 그렇지만 내 인생의 혹한기에 나를 지탱시켜준 것은 끊임없는 가족에 대한 사랑과 비현실적인 아름다움들이었음을 기억한다.

수탉의 사랑이야기

전시회장에 들어서자마자 낯익은 작품들이 우리 일행을 맞아 주었습니다. 세계여행에서 돌아온 지인들의 선물과 작가가 손수 장만한 예쁜 찻잔들이 오후의 잔광을 받아 빛을 내고 있었습니다. 전시장의 작품들과 장식품들이 지난 시간의 퇴적층처럼 아름다운 무늬를 이루고 있었지요.

한가한 호수의 물결과 그 물결 위를 날던 물새, 막 끓여낸 블랙 커피향과 보랏빛 수선화의 하늘거림, 때를 가리지 않고 들리던 수탉의 울음소리가 들려오는 한낮에 열심히 꽃을 피우던 야생화, 그리고 안홍선 작가의 땀이 작품 속에 고스란히 녹아 있더군요.

어느 날 알을 낳던 암탉이 흔적도 없이 사라졌답니다. 며칠을 찾느라고 애를 태웠다지요. 그러던 어느 날 수탉의 환호성인지 비명소리인지 모를 고성에 밖을 보니 암탉을 마중하기 위해 어쩌면 그렇게 빨리 달리던지 깜짝 놀랐답니다. 타조처럼 달려간 수탉은 행방이 묘연했던 암탉의 정수리부분의 털을 다 뽑아 버렸답니다. 아마도 며칠간의 암탉의 알리바이가 성립되지 않았나봅니다. '아! 저러다가 암탉이 죽겠구나....' 걱정을 했답니다. 그렇게 끔찍하게 단죄를 내린 후에 수탉의 너른 날개 죽지에 고이 품어 데리고 가더랍니다.

동물의 세계도 사람 사는 모습과 별반 다르지 않나 봅니다. 사랑의 언약을 깨어버린 벌을 그렇게 혹독하게 치르게 한 후 다시 품는 모습을 보고 결혼이란 아마도 미완성인 채로 삶을 유지해가는 과정일 것이라는 생각을 해보며 잠시 숙연했습니다. 작품에 쓰였던 자투리 천의 조각들도 그대로 함께 있었지요. 작품이 만들어지는 과정을 그대로 볼 수 있어서 좋았습니다.

대학에 입학한 아들의 첫 미팅이 성공했을 때, 걸려온 전화로 흥분을 한 아들은 어머니가 아끼던 꽃 수반에 주저 앉아버렸답니다. 깨진 수반조각을 서랍에 두었다가 한 참 지난 후에 열아홉 조각난 꽃 수반을 접착재로 하나씩 붙였답니다. 몇 조각은 이가 물리지 않아 사포와 조각칼등으로 깎거나 갈아내고, 갈아낸 가루로 틈새를 메우는 여섯 시간의 작업으로 조각조각 붙여진 그릇이 전시회장에 놓여 있었습니다. 매끈한 원래의 모습보다 더 아름답다는 생각이 들었습니다. 버릴 수 없는 애정, 아마도 작가의 인간적인 다정함이 그릇 속에 녹아 있기 때문이겠지요.

그 후 아들은 그렇게 흥분했던 첫 미팅이 아픔으로 끝났겠지요, 삶이란 그런 것이니까요. 채우고 비우기를 거듭하면서, 어둠과 빛, 그렇게 반복되는 감정의 기복으로 절망과 희망을 번갈아 겪으면서 다이아몬드처럼 단단해지고 빛이 나는 결정채로 남을 수 있었겠지요. 깨어진 그릇이 인고의 세월 후에 의연하게 자리를 지키듯이 사람냄새 풍기는 아름다운 사람으로 남을 수 있었겠지요.

작품을 둘러보면서, 모든 일에 일념으로 매진하다보면 근원에 도달 할 수 있다는 가능성을 확신할 수 있는 시간이기도 했습니다. 사람과 사람이 더불어 살아가는 삶의 지혜를 작가에게서 배웠습니다.

4부

아들에게

최선을 다하여 살아왔지만, 많은 후회가 남는다. 그때그때 생각들을 기록을 해 두었더라면 오늘 이런 기회에 많은 도움이 되었을 것이지만 우선 생각나는 것을 두서없이 적어 내려 가야겠다. 살아오면서 가장 힘들었던 것은 가족이 함께 있지 못한 일이었다. 자식에게 양질의 교육의 기회를 주고 싶어서 어린 나이에 수원으로 전학을 보냈던 점이 안타깝다. 밥을 먹고 사는 일에 발목이 잡혀서 쳇바퀴 돌 듯 헤어나지 못하고 부부가 같이 목장 일을 해야 하는 척박한 환경에서 수원에다 자식을 두고 부모로서 직무유기한 미안함에 늘 자유롭지 못했다.

좀 더 친밀한 거리에서 자주 의사소통을 하면서 자식이 무엇을 원하는지 시기적절한 눈높이의 교육의 현장에서 함께 하지 못했던 점이 아쉽다. 무슨 일이 있어도 가족은 항상 함께해야 한다. 그래야만 유대감이 생긴다. 서로의 눈빛만 보아도 무엇을 원하는지 알아진다. 서로의 아픔에 대해서도 공감대가 형성된다. 그때그때 해야 할 말, 해서는 안 되는 행동들을 지적해주면서 건강한 삶에 대한 생각들을 공유해야했던 가족공동체의 이야기들을 잃어버렸다. 그래서 부모의 삶은 어느 일정부분은 실패한 삶이다. 완전하지 못했다.

어떤 일이 있어도 우리 자식의 인생은 가족이 함께 살아가는 것을 바라고 싶다. 먹고사는 일하고는 상관없이 자신이 좋아하는 일을 신명을 가지고 즐기고 살았으면 한다. 그래야 사는 것이 지루하지 않다. 그리고 악기 하나쯤은 다룰 수 있으면 한다. 인생에는 리듬이 필요하다. 여의치 않을 때는 배우기 쉬운 기타라도 상관없다. 그리고 평생 책을 손에서 놓지 않아야 한다. 책은 이 시대를 이끌어가는 문화를 창출한다. 세련되고 감각 있는 현대인으로 살고 싶으면 책에서 눈을 떼지 않아야 한다. 책은 세상을 들여다볼 수 있는 좋은 창구의 역할을 한다. 무엇보다 사람 속에 살아야 사람다워진다. 책만큼 사람에게서 얻는 정보는 다양하다. 그래서 사람을 좋아하는 아들이 되었으면 한다.

그리고 가장 중요한 것은 사랑하는 가슴을 가지는 것이다.

미래에 생길 아내와 어린 자식과 함께 짧은 여행이라도 실천하고 사는 생을 살았으면 한다. 그래서 여행지에서 느끼고 생각하고 배우는 겸허함도 필요한 것이다. 자연 속에서 자연의 일부가 되어 물 흐르듯이 막힘없이 편안한 생활이 주위사람에게 밝음과 건강함이 전달되어 모든 이들까지 덩달아 유쾌해지는 그런 삶을 살아간다면 아마도 잘 살아가는 삶이라고 할 수 있겠다. 내가 편해야 주위사람도 편안해진다. 나보다 먼저 타인을 배려하는 삶, 이타의 삶을 살아준다면 보람있는 삶일 것이다.

그리고 꿈을 꾸면서 살아갈 일이다. 포기하지 않는다면 언젠가는 이루어진다. 그 꿈의 도정에서 부단히 노력할 일이다.

그리고 안 씨 가문의 피의 내력을 조심해야한다. 술에 약한 유전인자가 아마도 네 피 속에 흐를 것이다. 그런 안 씨 가문의 피의 내력 때문에 엄마는 불행했다. 술은 술을 청하고 나중에는 감당할 수 없어진다. 의지가 소용없어지는 지경에 처하면 실패한 인생이 되어버리고 만다. 그것은 한 순간이다. 명심하고 명심해야할 것이다. 담배는 백해무익한 것이니 과감히 던져버릴 일이다.

결혼에 있어서는 결혼 적령기를 너무 의식하지 말고 많은 시간을 두고서 사람을 사귀어 보기 바란다. 예쁜 여자는 싫다는 것은 아니지만 엄마는 예쁜 여자의 생명은 짧다고 본다. 건강하고 세련된 여자면 좋겠다는 생각이다.

여기서 세련된 여자라 함은 생각이 고루하지 않고 한 가지 옷을 갖춰 입어도 제대로 입을 줄 아는 현대감각을 지닌 여자, 타인의 얘기를 편견을 가지지 않고 들을 줄 아는 여자 , 타인을 배려할 줄 아는 깊이 있는 여자, 남편과 가족을 우선으로 생각하며 책을 가까이 하는 여자, 왜냐하면 그런 여자는, 삶에 대하여 진정성을 가지고 살아갈 줄 아는 지혜로운 여자이기 때문이다. 적어도 시어머니 될 나와 대화가 조근조근 가을날의 볕처럼 은근하게 오갈 수 있는 따뜻한 여자였으면 한다. 어디 그런 여자 흔하랴만은 아들이 그런 사람이 되는 것이 우선일 것이다. 그런 사람이 된 후에야 그런 여자를 볼 줄 아는 지혜를 가질 수 있을 것이라고 생각한다. 우선 천천히 생각하면서 결정할 일이다.

그리고 사회생활은 너무 모나지 않게 사람 속에서 더불어 살아가는 즐거움을 터득했으면 하는 바람이다. 물론 네 전공을 살려서 전문적인 파트에서 일한다면 더 없이 좋을 것이지만, 그렇지 않을 경우에도 매사에 처음마음으로 성실하게 일을 배우기 바란다. 세상에는 여러 가지 삶의 방식이 있는데 그 삶을 살아가는데 도처에 모든 것이 스승이라고 생각하는 겸손한 자세로 세상을 살아간다면, 직장생활을 해 나간다면 그때그때 산적해 있는 일들이 수월해질 것으로 믿는다.

  고통을 두려워하지 말았으면 한다. 때론 삶은 신산스럽고 쓸쓸한 생이라는 고통의 숲에서 바람소리 황량할 때도 있다 이 세상에서 가장 향기로운 향수는 발칸산맥의 장미에서 나온다고 하는 데, 그것은 가장 춥고 어두운 시간인 자정에서 새벽 2시에 장미의 잎을 수확하기 때문이라고 한다. 장미는 한 밤중에 가장 향기로운 향을 뿜기 때문에 그 시간에 작업을 한 발칸산맥의 향수가 최고인 것이다. 사람도 마찬가지일 것이다. 고통의 시간도 우리의 마음을 부드럽고도 향기롭게 만드는 시간이 될 것이다. 고통의 시간을 잘 견디는 견고한 내면성을 함께 키워나가도록 했으면 하는 바람을 가져본다.

  삶은 명쾌해야 한다. 그리고 이 세상은 즐겁고 유익한 것들로 가득 차있다. 그것을 볼 줄 아는 지혜가 필요할 뿐이다. 밝음을 지향하는, 상식이 통하는 건강한 사회의 일원으로서 성공보다는 행복한 시간에 더 가치를 두는 인생이길 바란다.

고향으로 가는 마지막 버스를 타고 싶다

올해 겨울은 눈이 참으로 많이 왔다. 사흘에 한 번씩은 내린 것 같다. 눈의 무게를 이기지 못해서 축사가 무너지고 비닐하우스가 주저 앉아버린 철재 구조물이 불구의 몸을 보는 것 같은 아픔으로 다가왔었다. 쌓인 눈으로 하여 행복했고 적막했고 또 쓸쓸하기도 했던 겨울, 그 한복판에서 두고 온 고향이 가슴에 체증으로 얹힌다.

고향을 떠나 온지 몇 해인가. 여고를 진학하기 위해 수원 한전에 근무한 둘째 오빠를 따라 상경했고 그것으로 고향을 잃게 되었으니 삼십 년 세월이 훌쩍 지났다. 젊으신 한때 외서면의 부면장을 지내신 아버지께서는 오랜 지병으로, 오랜 지병으로, 환갑을 앞둔 젊은 나이에 돌아가시고 큰오빠의 근

134

무지를 따라 어머니는 고향집을 정리하고 식구들이 대처로 옮겨 살게 되었다. 그런 후에 우리 가족은 고향으로 돌아가는 마지막 버스를 타지 못했다.

이렇게 눈이 많이 내리는 날엔 이 십리길 상주 읍에서 들어오는 버스가 끊기고 사람들은 순례자처럼 그 먼길을 걸어서 문경세재 만큼이나 높은 재를 넘어오곤 했다. 올해처럼 눈이 많이 내린 겨울에 높은 우산 재를 어떻게 넘어 다녔을까 걱정을 했다. 귀소본능이 그 시절의 사람에겐 더 절실했던 것인지, 아침에 첫 차를 타고 읍으로 나간 사람은 모두가 마지막 버스로 돌아왔다. 누가 읍내를 갔다 왔고 무슨 볼일로 갔는지 동네 사람들의 관심거리였다. 정신없이 놀다가도 저 만큼 버스가 보이면 버스 정거장으로 내달렸다. 버스에서 내리는 사람을 구경하는 일이 제일 신나는 일이었다. 그 때는 사람에 관심이 많았던 시절이었다. 올 가족이 없는데도 그 버릇은 계속됐다. 하루 몇 번씩 사람들을 싣고 떠나고 그리고 돌아온 사람들을 연기처럼 쏟아내고 떠나는 일은, 정지된 화면이 움직이는 것만큼 동네를 술렁술렁 살아 움직이게 했다.

눈 오는 날에 버스가 들어오면 그 이튿날 상주 읍으로 나가는 버스는 사람은 내리고 빈 차만 큰 재를 위태위태한 몸짓으로 올라가고 사람들은 그 빈 버스를 밀던지 아니면 두런두런 얘기를 하면서 등산객처럼 그 높은 산을 올라가곤 했다. 아무튼 그 버스는 도시 냄새를 달고 산골 동네를 찾아오는 유일한 교통수단이었다.

어느 해 그 유일한 교통수단인 마지막 버스에서 내 의지와 는 무관하게 내려야 했던 기억이 있다. 그해 읍으로 중학교 를 진학한 유일한 여학생이었던 나는 토요일 오후 자취 보따 리를 들고 마지막 버스를 탔다. 만원버스 속에서 주머니의 차비가 행방이 묘연하게 되었고 난 그만 무임승차로 큰 재를 앞에 두고 내려야했다. 그런 나를 맘에 두었던 남자애가 뒤 따라 내렸는지 큰 재를 앞서거니 뒤서거니 하면서 일몰의 시 간을 앞에 두고 띄엄띄엄 얘기를 하면서 우린 고개를 넘어왔 다. 동행해준 남자애의 이름조차 얼굴조차 기억나지 않는 먼 고향에, 내 아픈 기억도 내색하지 않고, 소문내지 않고 지금 도 길을 내 주고 있을 큰 산의 넉넉한 인심이 그리운 날이다.

하늘만 빼꼼이 올려다 보이는 그곳엔 병풍처럼 산 그림자 가 누님의 삼단 머릿결처럼 드리워 있는 곳, 속리산에서 물 줄기가 시작되어 굽이굽이 흘러내린 물이 산 그림자를 끼고 돌아가는 곳, 흑백사진 속에 부동자세로 있던 고향친구가 손 을 내밀어 악수라도 청할 것만 같은 그곳, 세월이 너무 흘러 지금의 나를 아무도 기억하는 이 없을지라도, 눈 내리는 날 에 마지막 버스를 타고 고향, 그곳에 가고 싶다.

외도에서

오래 벼르던 일이다. 외도로 향하는 경부선 하행 열차에 설렘을 가득 싣고 올랐다. 외도는 한 낚시꾼이 새로운 각오를 가지고 긴 세월을 가꿔온 입지전적 사연의 표본이다. 내려 갈수록 굵어지는 빗줄기, 벼르고 벼른 여행이 하필이면 비 오는 날이라니, 그러나 어쩌면 이런 날씨 때문에 특별한 여행이 될지도 모른다는 마음으로 위안을 삼아 보지만 불안한 기분은 떨칠 수가 없다. 그러나 일주일 전에 예매를 했으므로 날씨의 변덕을 어쩔 수가 없다

  부산역이 종착역이었으나 부산에서 거제도로 가는 배가 비 때문에 떠나지 못할 것 같은 불안감에 진로를 바꿔 대구에서 내려 마산으로 돌기로 했다. 말을 타고 가든 걸어서 가

든 자동차를 타고 가든 외도에만 가면 되었으니까. 운이 좋
게 동대구역 근처에 버스터미널이 있어 다행이었고 금방 차
를 탈 수 있었다. 창밖으로 보이는 풍경은 단조로웠다. 비닐
하우스가 간간이 보이는, 아직은 휴식중인 들판을 바라보면
서 편안함을 느껴 본다. 내려갈수록 짙어지는 자연의 푸르름
이 내가 살고 있는 중부지방으로 올라가려고 분주하게 준비
함을 실감했다. 따뜻한 기운이 전해졌다.

　하루 종일 달리는 차 속에 갇혔던 우리 일행은 다섯 시 삼
십분쯤 건물들이 거리를 따라 늘어선 장승포에 도착했다. 배
낭을 짊어지고 내리면서 버스기사에게 거제도 가는 버스를
어디서 타느냐고 물었더니 묘한 표정으로 '이곳이 거제도
인데 어디로 더 가느냐'고 박장대소 한다. 자세히 알지 못하
고 떠나온 것이 부끄러웠다. 머릿속으로만 그리던 섬의 풍경
과 너무 다른 주변을 둘러보며 무슨 섬이 이러냐고 투덜거렸
다. 역시 여행은 실망하기 위한 출발인지도 모른다는 생각을
하면서 한 동네 다섯 여인들이 행렬을 지어 여객선이 기다릴
부두 쪽으로 향했다. 이런! 어쩌면 좋은가? 오후 4시부터 폭
풍주의보의 깃발이 바람에 펄럭이고 모든 배들이 결항한다
는 것이다.

　일찌감치 잠이나 자자고 바다가 보이는 파크장을 찾아 들
었다. 잠이 오지 않는다. 자주 창문을 열고 바다 위를 휩쓸고

있는 바람을 붙잡기 위해 마음을 좋았다. 거제도 수협조합에서 펄럭이는 상호가 힘차게 바람을 견디느라 안간힘을 쓰고 있었다. 번개를 동반한 빗줄기가 지붕이고 창문이고 담장이고 빼놓지 않고 요란하게 두드린다. 장맛비처럼 쏟아진다. 비는 와도 바람만 불지 않으면 배는 뜰 수 있으련만, 바람만 불지 말라고 우리 모두는 방안을 서성이면서 책을 읽으면서 간절히 마음들을 모았다. 집을 떠나왔다는 것, 시간제한 없이 웃고 떠들고 편안할 수 있는 기분 그 자체만으로 만족했다.

  잠을 자기는 잤는가. 옆방에서 떠드는 소리, 밤새도록 문 여닫는 소리, 술렁대는 여행지의 밤이었다. 그래도 코고는 소리가 들렸으니 고단한 여행이었나 보다. 다섯 시에 일어나 부산스러웠다. 오늘의 일정에 대해 불안감을 감추지 못했다. 잠시 후 TV에서 보여주는 날씨와 장승포항에 알아본 결과는 예상했던 대로 폭풍주의보였다. 바다를 앞에 두고 외도를 가지 못한다니 참으로 유감천만이었다.

  다음 날에야 출항을 했다. 물살을 가르며 9시에야 날씨는 하루 발목을 더 붙잡다가 외도를 향했다. 배의 속도는 20노트, 날씨는 화창했고 가벼운 바람은 계속 불고 선장님의 노래 한 곡조가 우리를 유쾌하게 만들었다. "당신과 나 사이에 저 바다가 없었다면…" 바다의 금강산이라 불리는 해금강이 우리를 반긴다. 오랜 시간 파도가 만들어낸 기기묘묘한 바위의 형상들을 외경스럽게 바라보았다. 사람이 모든 도구를 이용해도 저렇게 절묘한 모양을 만들지는 못하리라는 생각을 하면서 참으로 알 수 없는 신비로움에 넋을 빼앗겼다. 해풍에 몸을 사리고 최대한 자세를 굽혀 내린 건강한 소나무들이 우리들에게 강한 메시지를 전해 준다. 살아야 할 가치에 대해서, 이렇게라도 살아내는 생의 환희에 대해서, 어떠한 고난에도 좌절하지 말라는 얘기를 몸짓으로 전해 주는 것 같았다. 배는 1시간쯤 달려 외도에 도착했다.

　유일하게 개인 소유인 사만 사천 제곱미터의 외도는 커다란 식물원과 같았다. 외도의 주인은 낚시에 나섰다가 풍랑을 만나 우연히 발이 묶여버렸는데 너무나 아름다운 섬에 매혹되어 그 곳에 정착을 하게 되었단다. 돼지 기르기니 농사니 안 해 본 것이 없었지만 다 실패하고 나무는 심는 대로 잘 자라주었단다. 한 인간이 오랜 시간 정성들인 결과가 구석구석에 새겨져서 눈부신 현재의 시간으로 아름답게 빛나고 있었다. 동백나무가 이렇게 큰 거목으로 자라는지 처음 알았다. 몇 송이 꽃이 피고 또 지고 있었다. 대나무들이 무리 지어 몸을 부벼 우렁우렁 소리를 내며 해풍에 전신을 맡기고 있었다. 전문적인 조경과 거침없이 불어오는 맑은 바람과 그곳을 찾는 아름다운 사람으로 하여 외도는 살아 움직였다. 외도 몇 킬로미터 주위는 옅은 비취빛으로 띠를 이루었고 저 멀리

심해의 짙푸름도 인상적이었다. 오래 바다를 바라보았다. 외도와 외도를 둘러싼 바다 색깔과 사람 속에서 바라보는 모든 것이 아름다웠다. 문득 혼자 이곳에 남아 며칠을 바다만 바라보면 어떨까 잠시 생각해 본다. 아름다움이란 잠시 마음에 담고 가 오래 그것을 음미하면서 꺼내 볼 수 있어야 하는 것, 세월이 흘러 희미해질 그 때까지 말이다. 1시간 20분의 자유시간 동안 자연미와 인공미가 어우러진 남쪽 끝 외도에서의 여행을 사진에 담는다.

아쉬움에 담긴 외도를 뒤로하고 승선을 했다. 우리를 이틀이나 못 오게 문을 닫고 외면하던 콧대 높았던 외도여! 안녕하시게나! 바람 불어 마을 외로운 날 떠나고 싶어 몸살 나는 날 꽃 피고 새 우는 어느 해 삼사월에 다시 외도를 찾을 날을 기약하면서 손을 흔들었다. 돌아오는 뱃길은 쾌속이었다. 멀리 일본을 향해 달리는 배가 보였다. 아닌지도 모를 일이지만 여행은 그렇게 보이게 하는지도 모른다. 뱃전에 파도가 부서지고 선상에는 잔잔히 퍼지는 음악이 있었다. 이곳에 잠시 머물러 이 느낌을 맛보기 위해 그토록 오래 마음의 준비를 했던가. 넘실대는 바다의 몸짓, 가랑잎처럼 떠도는 배 반짝이는 은빛 햇살, 이곳에 있어 보니 금방 바다를 사랑하게 된다. 오징어를 잡기 위해 집어등을 켜고 바다에 나가고 싶어 하는 사람들의 마음과 먼 바다로 나가 고래등에 작살을 꽂은 노인과 바다의 할아버지와 소년의 모습도 헤아려본다.

바다 그 넓은 가슴에서 자유로이 떠도는 그들 속으로 내 마음도 천천히 헤엄쳐 들어갔다

  망망대해에서 바라본 그것은, 어부가 먼 바다 저편에서 만선을 하고 지친 몸으로 돌아오는 귀향의 설레임이었다

  많은 시간이 흐른 뒤 나는 다시 냉장고 정리를 할 것이며 부엌 대청소를 할 것이며 몇 가지 밑반찬을 만들 것이며 며칠 먹을 곰국을 끓일 것이다. 그리고 압력솥에 밥 짓는 방법을 남편한테 몇 번이고 이를 테지. 비가 오면 어떨 것인가. 먼 곳에서 친구가 전화를 걸어오면 "여기는 햇빛은 반짝 모래알도 반짝이야"라고, 나는 이렇게 말하겠지.

  긴 여행에서 돌아온 사람은 거짓말을 해도 좋다고 말한 사람은 누구였던가? 그 말엔 설레임과 희망과 미지의 세계에 대한 보랏빛 환상이 함께 하기 때문이 아닐까.

  여행은 다시 살아갈 날에 대한 충전이었고, 많은 것을 보고 느끼고 즐긴 것은 좀 더 나은 삶이 되고자한 바람이기도 했다. 돌아온 집은 따뜻했다.

이천 가는 길

수원에서 출발하여 용인과 양지를 지나면 이천으로 들어가는 플라타너스 터널을 만나게 된다. 여학교를 졸업한지 삼 십 년 만에 친구 몇이서 여행이라는 티켓을 끊어서 그 길로 들어서게 되었다.

한전에 근무한 오빠가 이천으로 발령을 받아 옮겨가신 후, 나는 학교 앞에서 자취를 하면서 한 달에 한 번 생활비를 얻기 위해서 이천, 그 플라타너스 길과 인연을 맺었다. 토요일 오후에 출발해 그곳을 지날 때면 어두워지곤 했다.

눈이 내리는 날에는 마지막 시외버스가 붉은 불빛을 비추면서 만들어내는 환상적인 분위기가 꽤나 낭만적이었다.

봄에는 엷은 초록의 빛깔로 대지 깊숙히 흐르는 물을 올려 잎을 피워서, 그 이튿날 돌아올 때는 더 짙어지는 잎들의 성장을 보면서 소리 없는 봄의 함성을 듣는 것 같아 내 몸에서 힘이 솟았다.

여름 내내 시원한 바람을 만들고 그늘이 되어주고 뜨거운 태양 빛으로 잎은 더 무성해지고 윤기가 나서, 꿈틀거리는 삶의 열정을 갖게 해주었다. 이천 가는 길에서, 나는 여러 번의 계절의 변화를 겪으면서 내 생각도 자라나 성숙해졌다.
지금 늦은 가을, 조금은 지쳐버린 내 후줄근한 시간과 이천 가는 길이 해후를 한다. 카드를 넣고 필요한 만큼의 현금을 인출하듯이 내게 주어진 시간에서 여행이라는 시간을 할애 받는다.

그 길은 그대로였지만, 그 늘씬하고 보기 좋던 당당한 플라타너스 나무의 품위는 다 어디 가고 잎이 다 떨어진 고목이 되어 있었다. 자식을 많이 낳아 더 이상 아름다울 수 없는 우리 엄마들의 알몸을 만나는 그런 느낌이었다. 그래서 더 아름다운지는 모르지만, 있는 현실을 그대로 받아 들여야 하는 세상살이의 고단함이 도처에서 내 인내를 시험한다. 거슬러 올라갈 수 없는 물살처럼 어찌할 수 없는 지나간 시간에 대해 깊은 생각에 빠진다. 이제는 열정이 없어져 버린, 무기력해져 버린 계절과 함께 꼭 계절 탓만도 아닌 모든 일에 의미가 없어지고 무관심해지고 드디어 마지막 사랑까지도 퇴색해버린, 색깔도 향기도 없어져버린 마른 꽃처럼, 물기 없어지는 내일들이 두려워진다. 뒹구는 마른 잎들을 보면서 그곳에서 우울해져 버린 나를 발견한다.

  계절의 저문 들녘에 이제 두고 가야할 이별의 정리를 터득해야할 시간, 자식을 출가시키고, 홀로의 시간을 연습해야하는 부모마음처럼, 가을이 저만큼 가고 있었다.
  찬바람을 온몸으로 받으면서도 다시 피어나는 봄을 꿈꿀 수 있기에 견딜만 하지 않은가. 아무 것도 소유하지 않는 빈 마음으로 나목은 아름다울 수 있고 나목으로부터 무소유의 자유로움을 배운다. 허물을 벗어 태우고 다시 새순 나듯이 지고지순함으로 거듭날 수 있다면 이 가을, 이천 가는 길에 고목사이로 보이는 가을 하늘처럼, 맑은 마음자락을 만나본다.

도덕경을 읽고

사마천의 (사기) 열전에 노자에 대한 다음과 같은 기록
이 있다 노자는 초나라 고현의 곡인 리에서 태어났으며 성은
이씨이고 이름은 이이다. 호는 담이라고 하였다. 주나라시대
에 서적을 관리하는 사관의 직책을 맡았었다.

공자(552-479 BC)가 노자를 찾아와 예에 대해 질문을 하였
다. 노자는 다음과 같이 대답하였다. "훌륭한 상인은 물건을
깊숙이 보관하고, 군자는 아름다운 지혜를 지니고 있으며 어
리석은 사람처럼 보이는 법이오, 그대는 끝없는 야심을 버리
시오."

주나라 형세가 기우는 것을 보고 노자는 살던 고장을 떠나

은둔의 길에 나섰다. 함곡관이란 곳을 지나는데 그곳을 관장하는 관리인 윤희가 간청하였다.

"선생님께서 세상으로부터 숨으시기 전에 귀한 생각들을 글로 적어 주십시오."

노자는 마지못해 자신이 생각하는 도와 덕에 관해 오천어쯤의 분량으로 써서 주었다. 이것이 도덕경이란 책으로 후세에 전해지게 되었다. 그 뒤로 노자에 관한 소식을 아는 이가 없으며, 몇 가지 설이 있으나 일치하는 정확한 내용이 아니다.

역시 사마천이 쓴 공자 세가에서도 공자가 존경하여 노자를 방문했다고 하였다. 공자는 돌아와서 제자들에게 말하였다. "내가 만난 노자는 마치 용과 같아서 설명할 길이 없다." 사람들은 노자의 사상을 현실도피라든가 허무주의로 잘못 아는 이들이 있는 것 같다. 노자의 사상은 훼손되지 않는 원천적인 지혜와 힘을 가지고 있다. 그것을 제대로 알고 활용하면 현실의 혼란한 문제들을 해결하는 최선의 방법이 될 수 있다고 본다.

수련의 결과로 어린아이 같은 부드러움 어머니 같은 포용력 티 없는 마음 맑은 형안 등이 생겼으면 이런 것을 혼자만 누리고 끝나는 것인가? 도덕경에서는 이런 것들이 "백성을 사랑하고 나라를 다스리는" 훌륭한 지도자의 자질을 갖추는 것과 관련되는 것으로 본다. 이런 의미에는 도덕경은 일차적으로 나라를 다스리는 사람을 위한 지침서라는 주장에 수긍이 간다.

법구경에 "육중한 바위가 바람에 움직이지 않듯, 지혜로운 사람은 남의 칭찬이나 비난에 흔들리지 않는다."고 했다. 공자님도 "남이 나를 알아주지 않는 것을 염려하지 말고 내가 남을 알아주지 않는 일이 있나 염려하라"고 했다. 남이 알아주기를 바라는 마음에서 해방되면 얼마나 홀가분한 삶이 될 수 있을까? 여론이다, 인기관리다, 선전이다 하는 것에만 신경을 쓰는 요즘사회에서 얼마나 어려운 일인가. 그러기에 더욱 값진 일인지 모르겠다 . 이런 것이 가능한 사람이라야 지도자로서의 자격이 갖추어진다는 것이다.

도의 근본적인 차원은 일상적인 감각으로 감지할 수 없는 성질의 것이 아니라는 것이다. 도는 합리적이고 이성적인 사고를 넘어서는 초합리적이고 초이성적인 것으로서 독일 종교학의 거성인 루돌프 오토가 말한 '엄청난 신비'라는 것보다도 더 엄청나고 신비로운 것이다. 도의 근본 자리는 결국 없음의 세계(無)이다. 그러나 원리에 입각해서 현상세계의 사물을 대하면 태고의 시원도 알 수 있게 될 것이라고 한다.

존재하는 모든 것 유(有)의 세계에 있는 모든 것을 통해 그

것들의 근원되는 비존재, 무의 세계를 보면 도의 본질로 들어가는 "실마리"가 된다고 했다. 참으로 아리송한 얘기다. 영원한 진리를 알면 구체적으로 어떻게 된다는 것일까? 우선 너그러워진다고 한다. 옹고집이나 독단은 무지나 단견이나 편견에서 나온다.

나라를 다스리는 지도자의 네 가지 유형에서 가장 훌륭한 지도자는 있는지 없는지 알아볼 수 없을 정도로 나라를 다스리는 사람이라고 했다. 백성의 필요에 따라 너무나도 자연스럽게 공기처럼 드러나지 않게, 순리대로 위에서 잘 다스려 나가기 때문에 백성이 근심, 걱정 없이 잘 살수 있다고 했다.의식한다는 것은 뭔가 자연스럽지도 못하고 완전하지도 못하다는 뜻이다.

가장 저질의 지도자는 사람들의 비웃음을 사는 부류라고 한다. 스스로 도덕성을 상실하고 부패했기 때문에 아무리 사회 정의니 인도주의니 하고 떠들어도 사람들이 믿지 않고 조석으로 법령 훈령 지시를 내려도 사람들이 콧방귀나 뀐다. 불신 사회는 나쁜 의미로는 혼돈이요 혼란이다.

다스림이란 물꼬를 트는 등, 물의 흐름을 조절하여 물이 가지고 있는 본래의 능력을 최대한도로 발휘하게 하는 것을 뜻한다.

훌륭한 지도자는 "말을 삼간다" 한 번 쯤 생각해 볼 말이다. 작금의 사회는 말이 홍수처럼 넘쳐나는 시대를 살고 있다. 그 말에 대한 책임으로 물고 물리는 현 정치놀음에 깊이 생각할 수 있는 지혜를 담고 있는 책이다.

세상에는 네 가지 큰 것이 있는데 사람도 그 가운데 하나, 사람은 땅을 본받고 땅은 하늘을 본받고, 하늘은 도를 본받고 도는 스스로 그러함을 본받는다고 했다. 자연을 본받는다함은 스스로 그렇게 존재한다는 뜻이라고 볼 수 있다. 땅을 본받는다함은 땅의 무거움을 본받아야 한다는 것을 강조하고 있고 땅의 묵직함을 본받아 중후하고 침착해야하며 땅처럼 의연해야 한다는 것이다.

도덕경의 문체는 간결하면서도 깊고 그윽하다. 철학이요, 문학이요 시 그 자체라고 할 수 있다. 우리 속에 있는 무엇을 일깨우기 위한 일깨움을 기본특성으로 하는 책이므로 복잡다단한 현대생활을 사는 우리들이 한 번 쯤 꼭 읽어볼 책이다. 도덕경이 쓰여지지 않았다면 중국문명이나 중국인의 성격이 완전히 달라졌을 것이라고 했을 정도로 중국인에게 미친 정신적인 힘을 짐작하게 한다.

우리 유구한 역사를 가진 한민족에게는 이런 정신적 지주인 도덕경이 없음이 못내 아쉽다. 2500년 전에 씌어진 도덕경이 지금의 우리 현실에 얼마나 부합되는 지는 의심이 가는 면도 있지만 예나 지금이나 사람살이의 도덕의 가치기준은 크게 다르지 않음을 깊이 깨닫는 시간이 되었다.

수원기타오케스트라 정기연주회를 마치고

도처에 가을이 넉넉한 계절이다. 시월이 깊어갈수록 가로수 잎들은 회색도시의 아파트를 채색하기 분주하다. 가을이 짙어지면 구르몽의 시 한 줄이 생각나고 탱고가 거리마다 넘쳐날 것 같은 분위기에 젖어든다. 혹독한 겨울이 와도 거뜬하게 견디는 힘을 이 가을의 충만함과 물감 번지듯 채색되어 따스한 기억의 에너지를 간직하게 된다. 이즈음해서는 연주회를 알리는 포스터가 가을엽서처럼 이곳저곳에 붙기 시작한다. 악기를 어깨에 걸치고 가로수 길을 걸어 다니는 자유로운 영혼들을 자주 만나게 되는 일도 가을이 주는 운치이기도 하다.

마흔 아홉을 맞으면서 한 용기는 문학공부를 하고 싶어 문예창작학과에 원서를 넣는 일을 과감하게 시도를 했었다. 그리고 그 일은 내 인생에서 하고 싶은 일을 성공적으로 해냈다는 자신감을 갖게 했다. 그 힘든 공부를 끝내면서 얻은 소득은 내 인생에서 화사한 봄 햇살 같은 위로와 충만함이었다. 나이 쉰 아홉을 맞으면서 어느 날 아침 문득 생각했다. 다시 용기가 필요한 그 어떤 시도를 과감하게 해 보고 싶었다. 그 일이 수원기타오케스트라의 구성원이 되어 보는 일이었다. 입단한 그 해는 도저히 감당할 수 없어서 도망치듯 나왔다. 다시 일 년을 보낸 후에 재 입단을 했다. 이제는 도망을 칠 수가 없었다. 다시 들어 올 면목이 없어지니 죽을힘을 다해 지금 삼년째 숨죽이며 버티고 있는 중이다. 그 단원들과 토요일마다 모여 연습하는 일은 힘에 버거웠지만 행복한 시간이었다.

　화요일 아침은 새벽에 일어나서 목장 일을 끝내고 숨가쁘게 한 삼십분을 자동차로 달려 수원 장안구청에서 오전 10시 시작하는 포크와 클래식 기타 수업을 받는다. 처음에 포크만 시작했다가 바로 이어서 클래식 수업반이 들어서자 두 가지를 연이어 받게 되었다. 수업을 시작한지 많은 시간이 지났지만 실력은 매번 제자리걸음만 맴돌고 있다. 화요기타반을 지도하는 선생님이 수원기타오케스트라를 진두지휘하는 수장이신 관계로 지금까지 그 인연이 계속되었다. 그 선생님이 운영하는 기타학원에 모여 토요일마다 오후 2시에서 6시까지 연습하는 일은 만만하지 않았다. 연습이 끝나자마자 집으로 돌아와서 다시 저녁 목장 일을 시작하는 일도 만만한 일은 아니었다. 그럼에도 불구하고 그 두 가지 일은 정신적 육체적 사회적으로 나를 건강하게 만드는 필요충분조건에 해당되었다. 육체적 노동과 정신적 노동 두 가지 일 모두 할 수 있어 감사한 일이기도 하다. 이제는 익숙한 일이 되었지만 그럼에도 불구하고 두 가지 일은 매번 힘에 버겁다. 아마도 내 생이 끝날 때까지 얼마간 갈등하면서 존재의 이유를 찾아가는 시간여행이 계속될 것 같다.

매년 11월 첫째 주에 정기연주회를 갖는다. 장안구청에서 연주회를 갖기도 하고 다른 장소를 빌리기도 한다. 한 해도 거르지 않고 올해 13번째의 정기연주회를 열었다. 연주회 때마다 중간 중간 포크 연주할 때 투입되기도 했지만 정식으로는 11회 연주회부터 참여하게 되었다. 기타 선배들이 3년만 참고 견디면 수월할 것이라고 용기를 주지만 악기를 다루는 일은 쉬운 일이 아니었다. 악기를 만지는 일이 재능은 없지만 충분한 매력은 있기 때문에 그 일을 손에서 놓지 않고 있다. 한 선배님이 갈등하는 내게 10년 해봐서 안 되면 더 해보라고 한다. 어떤 일에 고수가 되고 싶으면 적어도 20년은 해봐야 하는 것이라고 내게 말을 건넨다. 그 말을 들은 후에 여유가 생겼다. 그 말은 내게 큰 힘이 되었다. 같은 곳을 바라봐 주는 사람이 있고 같은 공부를 하는 도반이 있어 함께 성장하면서 서로 응원하면서 내가 이루고자 하는 일이 많이 수월해진다.

우리 모임은 정기연주회가 끝나면 수능 끝난 수험생들처럼 주체할 수 없는 자유로움으로 쉬엄쉬엄 몇 곡을 연습하다가 12월 중순쯤에 회식자리에서 기타고수들의 화려한 개인 실력을 연출하면서 종강을 한다. 그런 후 긴 겨울방학을 시작한다. 그 다음해 음력설을 지낸 후에 다시 모여 11월 정기 연주회준비를 준비한다. 한 사람도 불평하는 사람 없이 의기투합하여 순조로운 항해의 닻을 올린다. 매주 토요일은, 수원에서 열차를 타고 부산을 가자면 창 밖 풍경에 마음을 뺏겨도 참 지루한 시간인데 수원에서 부산까지 갈 수 있는 지루한 그 4시간을 잠시 중간 김밥 한 줄 먹는 시간을 빼고는 적극적으로 연습을 한다. 재능을 떠나서 좋아하지 않으면 그 일을 끊임없이 반복할 수 없을 것이다. 하루의 연주를 위해서 피나는 노력을 일년 내내 비장한 각오로 임하는 단원들은 참 단순하면서도 복잡한 사람들이 모인 것 같다. 그 열정에 할 말이 없어진다. 얼마 전에 사정이 생겨 학원이 장안등기소 앞에서 장안구청 방향으로 이사를 했다. 우리 모두 기타학원 선생님을 도와 이사를 함께하고 정리하면서 더욱 돈독해지는 계기도 되었다.

새 술은 새 부대에 담듯 이사를 한다는 것은 새로운 마음으로 다시 시작한다는 것이다. 허술해진 감정들과 시끌시끌했던 불협화음들을 일시에 일렬종대로 눕혀버리고 눈을 맞추고 마음을 맞추고 손을 맞추면서 도레미파솔라시도 한 음 한 음 따뜻하고 깊게 올라가 보는 거다. 마법의 성에 도달할 때까지 하울의 움직이는 성에 도달할 때까지 때론 잔잔하게 때론 베토벤 바이러스처럼 격정적으로 숨 가쁘게, 부디 나에게 사랑했다고 한 번만 말해달라고 애걸하면서, 애걸했던 시간은 묻어버리고 아무 일도 없었던 듯이 우리는 꿈결처럼 백만송이 장미를 연주해야 한다. 우리들은 별처럼 은은하고 아득하고 신비로워져야한다. 이사한 주 토요일에는 이 건물이 방음장치가 제대로 됐는지 멋지게 한 번 터뜨려 보는 거다. 다시 한 음 한 음 맞추면서 함부로 애틋하게 은은하고도 따뜻하게 우리의 역사를 다시 써 보는 거다. 11월에 올 카테리니행 기차는 떠나고 비밀을 품은 당신은 돌아오지 못할지라도 우리는 그 기차를 타기 위해 티켓을 끊어야 한다. 우리는 연주회를 멋지게 마무리해야 할 것이다.

올해는 수원 SK아트리움 소공연장에서 10월 22일 토요일 우후 7시에 가을탱고라는 주제로 연주회를 개최했다. 270좌석이 전부 매진되었다. 흥겨운 탱고로 만추의 가을 잎을 흔들었다. 우리는 연주를 즐겼고 관객은 함께 호흡했다. 연주자와 관객은 함께 있을 때 아름답고 빛이 난다. 우리는 열정적으로 기타오케스트라를 이끌고 계신 지휘자 박재만 선생님을 만난 인연으로 연주회를 할 수 있어 참 운이 좋다는 생각을 한다. 단장님과 악장님을 주축으로 한 우리 기타단원들은 그 무덥던 여름을 함께 견뎠고 이 가을은 여름더위가 익힌 과즙의 향기다 달콤하다. 연주회의 끝은 한없이 홀가분하고 자유롭다. 우리는 한 호흡을 가다듬고 그 일을 다시 시작할 것이다. 아마도 예순 아홉 그 어느 날 아침 새로운 모반을 꿈 꿀 때까지는 계속될 것이다.

곤파스, 그 소용돌이에 갇히다

2010년 9월2일 새벽 4시 30분쯤, 미친 듯 울부짖는 대지의 포효에 꿈인 듯 환청인 듯 잠을 깼다. 전날 저녁뉴스에 제7호 태풍 곤파스가 중부지방을 관통할 것이라는 예상경로를 보도했지만, 언제나 그렇듯 좀 시끄러운 바람의 이동경로이겠거니 했다. 잠시 나무가 흔들리고 들판의 벼이삭이 몸살을 앓겠거니, 밭의 농작물이 태풍에 휩쓸려 한쪽으로 누웠다가 다시 기운을 차리겠거니, 바람이 조용해질 때까지 숨죽이며 기다리면 될 것이라 믿으면서 편한 잠자리에 들었다. 비몽사몽간에 들려오던 그 바람의 소리는 세상이 개벽을 하는, 혼돈의 세상이 처음 열리는 엄청난 소리처럼 공포였고 괴기스럽기까지 했다.

푸 딱 딱, 푸 딱 딱...쉴 새 없이 들리는 저 소리의 정체는 도대체 뭘까?

그 새벽에 무섬증을 달래며 대문을 나와 마을길로 나서니 혜진이네 한우목장의 비 가리개 천막이 갈기갈기 찢어져서 곤파스의 바람으로 공중난타를 치고 있었다.

가만히 들어와 잠자리에 들어 날이 밝기를 기다렸다. 와장 창창 창, 뭔가 깨지는 소리, 이건 또 무슨 소리일까? 다시 마루로 나오니 우리 집 마당에 있는 삼십년 거목의 목련나무가 쓰러져 기왓장을 부수고 지붕에 얹혀 있었다. 내가 지붕을 덮친 목련나무에 깔려 죽을 수도 있었겠구나, 아찔했다.

그 목련나무는 내 삶의 배경이었고 위로였으며 안식이었고 내 생체리듬이기도 했다. 문학작품 속에서 수없이 노래한 그 빛나던 목련나무가 무너져 내렸다. 수만 송이의 목련꽃으로 그 황홀하던 봄을 더 이상 자랑하지 못한다는 것은 허망하고 쓸쓸한 일이었다. 아랫집 아저씨가 바람에 휘청대면서 하우스가 날아갔다고 우리 집을 향해 소리를 질러댄다. 우리 목장 지붕의 슬레이트는 공중으로 날아다니고 고추 말리던 마을길옆 하우스는 처참하게 뼈대가 앙상하게 무너져 내리고, 그 하우스의 비닐은 천 갈래 만 갈래로 찢어져서 무너진 철재에 매달려 아우성을 치고 있었다.

길가의 나무들은 뿌리를 하늘로 두고 엎어지고 찢어져 꺾이고 바람을 타고 날아가 이웃집 고추밭에 처박혀 있었다.

뒷산의 나무들은 폭격을 맞은 것처럼 쑥대밭이 되어버렸다. 누렇게 익을 준비를 하던 문전옥답의 벼들은 일제히 포복을 하고 있었다. 채 익지 못한 밤, 감들이 즐비하게 땅에 떨어져 있었다. 날은 밝고 바람은 잦아들었지만, 곤파스가 휩쓸고 지나간 자리는 처참했다. 나무들이 쓰러지면서 전깃줄을 끊어놓았고, 전봇대도 나무와 같이 길 위에 누워버렸다. 이것은 암흑시대의 예고였다.

그날 아침, 목장에 착유할 시간이 되었지만, 속수무책 방도가 없었다. 한전은 아예 전화를 받지 않는다. 언제까지 전기가 들어올 수 있다는 예고도 하지 않은 채 오후를 넘긴다. 온 동네 소들이 단체로 울기 시작한다. 착유를 하지 못했으니 젖이 불어 울고 물을 못 먹으니 목이 말라 울고 아수라장이다. 목장주들은 애가 타고 머리가 하얗게 비워지기 시작했다. 소의 울음소리를 뒤로하고, 포크레인을 불러 쓰러진 나무들을 정리한 후에 동네 사람 몇이 모여 목련나무를 두고 방도를 모색했다. 2차 붕괴가 일어나면 집이 무너질 것 같아서 지붕에 얹혀버린 목련나무 꼭대기의 중심을 묶어서 바깥마당에서 크레인으로 일으켜 세우는 작업을 시도했다.

우리 집 가장은 부재중이었다. 사촌이 목련나무에 올라가서 크레인으로 일으켜 세운 목련나무 가지치기를 시작했다. 가지치기한 나무들을 바깥마당으로 날랐다. 그 일은 만만하

지 않았다. 앞마당에 그 잔해들이 산처럼 쌓였다. 목련나무
는 가지와 잎들을 다 잘리고 몸통과 몇 개의 가지 끝에 겨우
한 두 개의 잎만 남겨놓았다. 초라한 몰골이었지만 그래도
안도했다. 다시 시작할 수 있다는 희망이 남겨진 몇 잎 위에
얹혔다. 일단은 부재중 가장이 돌아올 때까지 받침대를 만들
어 무게의 중심을 잡아주었다.

어디를 가도 소 울음 소리 뿐이었다. 날이 어두워지는데 아
랫집아저씨가 발전기를 대여해왔다. 나도 수소문 끝에 하나
남은 발전기를 빌려왔지만, 전선을 설치할 수 없어서 형님
댁에 양보하고 하염없이 전기 들어오기만을 기다리고 있던
중에 발안에서, 안산에서 사촌들이 몰려와 아랫집 발전기에
전선을 연결하여 주었다. 착유를 끝내고 나니 새벽 3시였다.
그때까지 사촌들이 함께 있어 주었다.

자연재해 앞에서 도무지 정신을 차릴 수가 없었던 악몽 같
은 며칠을 보냈다. 아침, 저녁 두 번의 착유를 해야 하는 일
상의 목장일이 하루에 한 번, 그것도 며칠을 새벽에 착유를
했으니, 아비규환을 실감한 날들이었다. 두 다리는 퉁퉁 부
어 있었고 까맣게 탄 속 때문인지 얼굴까지 흑빛으로 변해있
었다.

사람들은 약해지면 뭉치는 것이 속성이다. 약속이나 한 듯

이 날이 어둑해지면 마을 사람들이 하루살이처럼 모여 온기를 나누다가 흩어지곤 했다. 마을사람들과 아들이 함께 하지 않았다면 그 시간을 어떻게 견디며 버틸 수 있었을까? 직장을 다니던 맏아들이 휴가를 얻어서 함께 목장 일을 했다. 그 힘든 고난의 시간을 아들은 나와 함께 고스란히 겪었다. 전기가 들어오자 아들이 말했다. "제 시간에 목장에 착유하러 올라갈 수 있다는 것이 이렇게 행복한 줄 몰랐어요" 목장 일을 하다가도 문득, 그때 일을 생각하면 가슴이 먹먹해진다. 곤파스는 아들을 효자로 만들어 놓았다.

"엄마 별 일 없어요?" 멀리서 전화로 아들 목소리가 들려온다.

혹한의 바람에 맞서 살아낸 나무들이 선명하고 단단한 나이테를 만들어 놓듯이, 내 인생에 선명하고도 아름다운 무늬 하나 만들어졌다. 산다는 일은 참으로 눈물겹지만, 지금은 가을을 닮아 더 부드러워지고 따뜻해져야 할 시간이다.

하루

사람의 생은 하루로 시작된다. 하루를 살기 위해, 그 하루를 무사히 통과하기 위해 고군분투하며 저마다 다른 색으로 시간을 살아낸다.

유월 중순, 문학단체에 속한 오랜 지인들과 문학기행을 떠났다. 어딘가로 떠나는 일은 잔물결처럼 가벼운 흥분을 동반한다. 익숙한 일상이 지루해질 무렵 우리는 어딘가로 떠나고 싶어 몸살을 앓는다. 낯선 곳에서 만나게 될 냄새 다른 공기와 생소한 먹거리와 그곳 사람들의 표정과 풍경을 만나게 될 시간을 기대하며 발걸음에 탄력이 붙는다. 아침에 피어났다가 저녁이면 지는 나팔꽃처럼, 모든 책임에서 잠시 해방되는 자유로움에서 뿜어내는 좋은 에너지를 받아서 그날 하루 나팔꽃처럼 화사하게 피어나는 것이 여행의 매력일 것이다. 약속된 장소에서 10인승 차에 올라 오래된 익숙한 사람들과 체면 차릴 것 없이 이런저런 이야길 나누다 보면 3시간쯤 걸리는 군산까지 금방 도착 할 수 있게 된다. 운전을 맡아주신 가이드선생님의 여행지 설명이 중간 중간 이어진다. 그 분 역시 함께 문학단체에서 오래된 인연이라 반가운 출발이었다. 그 운전석 옆자리에 운전을 맡으신 선생님과 특별히 친한 칼럼니스트로 활동하시는 선생님도 동행을 하셨다. 다행하게도 차에 동승한 모든 사람들이 친숙한 문학인들이라서 만남이 행복했다.

군산 근처에 오자 풍경이 바뀌고 굵직굵직한 건물들이 보이기 시작했다. 건물과 건물사이로 하루라는 간판이 휙 지나간다. 낯선 여행지에서 뜬금없이 하루에 꽂힌 것이다. 그것도 모텔상호에서 그 하루를 만난 것이다. 여행지에서 만난 하루라는 상호를 보고 난 피식 웃음이 나왔다. 하루가 내게 보낸 느낌은, 화르르 흩날리는 꽃잎의 가벼움과 모든 꽃잎의 화사함과 세상의 모든 화려함이었다. 나는 그 하루라는 상호에 갇혀 하루를 보냈다. 다음에 내가 수필집을 내게 된다면 하루라는 제목을 달 것이다. 그리고 이번 문학기행기도 하루라는 제목을 달고 수필 한 편을 만들겠으니 아무도 그 하루는 언감생심 꿈도 꾸지 말라고 큰소리를 치면서 하루를 외상으로 사고 말았다. 온전한 하루를 만나기 위해 하루에 접근

금지를 내린 것이다. 그런 이유를 달고서 어느 화사한 날에 꽃잎 날리듯이 그 하루는 사뿐, 내 가슴 속으로 온전히 들어왔다.

섬강에서 당신을 만났다. 그렇고 그런 날들을 보내다가 불꽃처럼 반짝이는 어느 하루의 봄밤을 그곳에서 만났다. 섬강의 물처럼 우리 그렇게 섞이고 섞여서 결국 바다로 흘러갈 숙명이지만, 우리는 그렇게 서로 다른 이름을 살아가다 어느 눈부신 하루를 그곳에서 만났다. 그곳에서 당신을 만났다. 언제까지나 그 마음 그대로이기를, 다시 만날 때까지 건강하기를 오늘 하루처럼 오래오래 봄볕처럼 따사롭기를 바래본다.

우리는 매주 토요일 지휘자 박재만 선생님 기타학원에서 만나 2시에서 6시까지 꼬박 4시간을 앉아서 일 년에 한 번 있는 기타 연주회를 준비 한다. 수원기타오케스트라 단원의 말석에 앉아있지만 그 모임의 단원이라는 뿌듯한 자긍심도 괜찮다. 올해 미국카네기홀에서 실버합창단원의 일원으로 성공적으로 행사를 마친 양 선생님 목소리에 맞춰 세레나데를 연주하면서 그 감미로운 세레나데를 원음으로 듣는 호사를 누릴 수 있는 그 하루도 난 사랑한다.

내 마음이 유쾌해질 때나 마음 둘 곳 없이 우울해질 때면 좁은 길을 택한다. 길옆으로 수령을 알 수 없는 아카시아 숲이 때 아닌 폭설 속에 갇혀버린 착란 속에서 잠시 혼란을 겪는다. 착란 속으로 빠뜨렸던 아카시아 꽃잎이 와와 벌들을 불러대고 있었다. 길 옆에 지천으로 피어있는 애기똥풀과 하얀 찔레꽃은 그대로 신의 정원이었다. 그 풍경을 즐기고 싶어 달팽이처럼 천천히 집으로 돌아오는 길에 멀리서 시간을 잃은 수탉울음 들리던 한낮의 적요했던 그 어느 날의 하루도 따뜻했다.

추억한 하루가 따뜻한 것은, 아프고 힘들었던 하루를 좋은 기억의 하루가 따뜻하게 덮어주는 순기능 역할을 감당하기 때문이다. 내가 추억한 하루가 다른 하루를 살아가는 데 힘을 보태주는 것이다. 그 많은 하루에 온기를 불어넣고 햇볕을 투사하여 본 따뜻한 하루에 감사한다. 원고청탁을 받고 막막했던 하루가 지금, 상상의 날개를 달고서 비행하며 또 다른 하루를 만나게 된다. 얼마나 감사한 일인가. 이렇게 살아가는 것도 꽤 괜찮은 것이라고 오늘의 하루가 토닥토닥 어깨를 두들기며 위로한다.

여행의 목적지인 선유도에 도착했다. 선유도는 전북과 서해를 대표하는 섬이다. 고군산군도의 크고 작은 63개의 섬 중에서 가장 아름답고 중심이 되는 섬이다. 선유도와 지난 1986년에 다리로 연결된 무녀도 장자도 대장도를 합쳐 선유도라고 통틀어 말한다. 우선 선유도의 가장 유명한 장소인 망주봉에 들러 기념사진을 찍었다. 망주봉은 고려시대부터 중국사신을 접대하던 관사가 있던 곳이다. 삼국사기를 지은 김부식이 이곳에 온 적도 있다. 서긍이라는 중국 사람이 고려도경이라는 책에 이곳을 묘사했고 조선시대에는 수영이 있던 자리이다. 그때의 사당이 아직도 존재하고 있으며 이순신장군이 명량해전이 끝나고 이곳으로 올라와서 겨울을 지내고 다시 내려갔다는 기록을 가이드로부터 들었다. 다시 발길을 돌려 선유도 전체를 조망할 수 있는 최적의 장소인 대장봉으로 향했다. 대장봉은 나무계단과 숲길과 가파른 바위 틈을 40분쯤 오르면 끝없이 펼쳐진 바다가 보이는 곳이다. 산 아래 펼쳐진 여러 개의 섬을 품은 선유도는 그림처럼 조용하고 아름답고 평화로웠다. 여러 척의 배들이 흰 포말 선을 그리며 어딘가로 유유히 가고 있었다. 이 장소에서 이 풍경을 가슴에 담기 위해 우리는 그렇게 달려왔다. 소금기를 잔뜩 품은 바람이 쉴 사이 없이 불어온다. 여행지에서 보낸 하루는 지평선처럼 걸림 없이 자유로웠다. 오늘 하루는 유월의 태양처럼 눈부시게 빛났고 바다처럼 넓었고 신의 은혜처럼 충만했고 많은 날 중에서도 특별했다. 나를 이곳까지 오게 만들었던 어제의 하루와 오늘의 하루, 그리고 내일의 하루가 징검다리처럼 이어져 나를 존재하게 할 것이다.

백두산 여행을 다녀오다

일상이 지루해질 때 쯤 어디론가 떠나고 싶어진다. 문서 번호 13201로 배달 된 제 42기 조합원 중국 백두산 해외연수 안내문은 지루해진 일상에 한 점 바람으로 나를 흔들어놓았다. 9월 18일 일요일아침 8시30분에 축협본점에 집결했다. 조합 측에선 조합장님, 유통본부장과 30명의 조합원이 함께 4박5일의 중국여행길에 올랐다. 날씨는 쾌청했다.

10시 30분 cz682, 좁은 허술한 중국비행기면 어떠랴, 기내식은 좀 부실해도 괜찮다고 여유를 부려본다. 여행은 그런 것인가 보다. 인천공항을 출발한지 얼마 되지 않았는데 벌써 심양에 도착했다. 정말 가까운 이웃 나라다.

전용차량으로 3시간쯤 달리니 단동이다, 단동은 중국과 북한의 유일한 열차통과 도시다. 6.25전쟁당시 물자보급로를 차단하기 위해 미군폭격기에 끊어진 압록강 철교 밑으로 무심한 강물에 유람선을 띄웠다. 단동의 화려한 야경은 어두컴컴한 북한 땅의 남루함과 대조적이었다. 끊어진 압록강 철교 옆에 다시 놓인 다리 위로 간간이 버스나 짐차들이 다니곤 했다. 북한의 김정일이 중국 방문 시에는 저 다리를 건너 우리가 첫날을 보낸 단동의 별 4성급인 이곳 중련호텔에 머문다고 했다. 어찌됐건 첫날 밤은 지척에 있는 신의주, 그 지명 때문에 마음이 착잡했다.

다음날은, 압록강 철교를 둘러본 후 요녕성에 있는 고구려 산성 박작성으로 향했다. 동북공정의 일환으로 중국의 압록강 하구에 옛날의 만리장성의 흔적을 발견했다고 선전을 했다. 박작 산성은 슬그머니 호산산성으로 이름이 바뀌었다. 동북공정은 〈동북변강역사여현상계열연구공정〉의 줄임말로서 중국이 자국의 국경 안에서 일어난 모든 역사를 중국 역사로 편입하려는 정치적프로젝트다. 중국은 고구려산성의 흔적을 훼손하여 호산산성으로 이름도 바꾸었다. 만리장성의 시작점이라고 대대적으로 요란을 떨면서 역사를 왜곡하는 현장에서 어찌해볼 수 없는 약자의 비애를 부여안고 한발만 움직이면 건널 수 있는 좁은 강 건너에 있는 북한 초소에서 총을 들고 있는 어린 보초병을 바라보았다. 그래서 이

곳이 일보과라는 이름을 가진 곳이다. 저쪽에 있는 보초병은 이쪽의 우리 일행을 보고 있다. 시간이 하얗게 정지된 느낌이다. 가슴이 먹먹해진다. 어찌하다 우리는 이런 모양새로 도둑맞은 역사를 둘러보면서 한 발 건너에 있는 가난에 빛바랜 강 건너에 무표정으로 서 있는 형제의 초라함을 목격해야 하는가, 쓸쓸한 심사를 달래면서 수풍댐으로 향했다. 강변우측에선 어망으로 고기를 잡는 어부도 보이고 자전거를 타고 강변도로를 부지런히 오고가는 북한주민을 향해 목이 터져라 불러도 보았다. 손을 흔들면서 소리치는 우리를 향해 잠깐씩 손을 흔들어주는 사람도 보인다. 마음변한 애인처럼 짧은 스침, 그것이 전부였다. 짝사랑으로 애간장이 다 녹는다. 저 사람들은 저리 무심한데 나는 철철 눈물이 흐른다. 옆에 일행이 붉어진 내 눈을 보고 말을 건넨다. 그쪽에 오빠라도 있느냐고, 나도 전혀 예상하지 못한 상황과 맞닥뜨렸다. 여행은 그런 것인가 보다. 전혀 예기치 못한 상황에서 속수무책으로 감정이 복받쳤다.

압록강을 거슬러 오르면서, 보이는 산이란 산은 다 개간을 하여 화전민으로 전락한 북한주민의 실상이 그대로 보였다. 저 높은 곳을 장비도 없이 곡괭이와 삽으로 먹을거리를 위해 남루한 생을 연명하는 형제들이 애처롭다. 그래서 눈물이 났다. 우리를 보고 오래도록 손을 흔들고 있을 마음의 여유가 없을 것이다. 그렇게 우리에게 만족할 응답을 바라는 것은 무리일 것이라는 생각을 해 본다.수풍댐가까이 거슬러 오르니 북한쪽 산중턱에 김정일을 찬양하는 붉은 선전문구가 좋은 풍경을 훼손하고 있었다.

수풍댐은 동양최대의 수력 발전소다.국경을 사이에 두고 흐르는 강의 특성으로 북한과 중국의 공동소유로 되어있다고 한다. 이곳 말고도 몇 군데의 공동소유의 수력발전소를 가지고 있지만, 북한의 전기가 턱없이 부족한 것은 노후화된 전선에서 많은 양의 전력의 허실이 있다고 한다. 공동소유의 공사분담은 북한에서 노동을 중국에서 제반 경비를 맡아서 공동의 과제를 완수한다는 것이다. 그 말에 내 자존심이 무너져 내렸다. 우리일행은 고구려 옛 도읍지인 집안으로 향했다 .조선족식당에서 숯불 불고기로 저녁을 먹었다. 김치가 제 맛을 냈다. 여행 둘쨋날 밤은 홍콩가일 호텔에서 숙면을 했다. 여행은 편한 잠자리와 입맛에 맞는 음식을 먹을 수 있어야 즐거움이 배가 된다. 대체로 중국음식은 짜다. 기름지고 양이 많다. 아직 중국음식이 입에 맞지 않았다. 식사시간이 약간의 부담으로 온다.

다음날은 고구려 유적지를 둘러보았다. 감회가 새롭다. 국내성이 있던 자리에는 아파트가 들어서 있었다. 성곽의 흔적은 그대로 살려두었다. 성 안은 명당자리라고 하여 성 밖의 아파트보다 값이 높다고 한다. 국내성 옆으로 큰 냇물이 흐르고 어디를 가든 빨래를 하는 사람들이 눈에 보인다. 광개토대왕비, 장수 왕능 환도산성 고분군 5호 묘의 내부를 둘러본 후 이곳을 지켜내지 못한 애석한 쓰린 속을 달래며 백두산 아래 첫 마을로 향하는 야간열차를 타기 위해 통화로 이동하였다.

하늘은 맑고 쾌청했다. 드디어 도착이다. 사람들이 성지 순례하듯이 경건하게 숨 숙이며 오르고 있다. 언뜻 보이는 저곳은 천지, 심장이 멈춘 것 같다. 심호흡을 한다. 하늘아래 비현실적으로 모습을 드러낸 산꼭대기의 거대한 호수, 짙푸른 코발트색이다. 아마도 몇 억 만 년 전에 화산이 폭발했을 것이다. 이곳 백두산 아래에 살던 유인족들은 그 화산폭발과 함께 흔적도 없이 묻혀버렸을 것이다. 해발 2,750미터의 백두산은 무섭도록 조용하게 자연호수 용왕담을 품고 있었다. 선글라스를 끼고 천지를 배경으로 활짝웃고 있는 내 사진 한 장이 오래전 사라진 유인종과 흡사하게 닮았으리라는 엉뚱한 생각에 빠진다. 세상을 둘러보면서 견문을 넓히고 재충전의 기회를 얻고자 떠났던 여행은 백두산천지에서 완성되었다.

일상이 지루한 것은 반복적이기 때문이고 진정 소중한 것은 반복적인 것일지도 모른다. 지루하게 반복되는 경험에서 진실을 만들고 결국 삶의 근간과 본질이 되는 것은 일상이

다. 삶을 깃들이고 지친 몸을 부려 쉴 수 있는 곳은 결국 이
지루한 하루하루 중이라는 소중한 깨달음을 얻어왔다.

소소한 일상을 산문 정신으로 규명하고
따뜻한 시선으로 바라보기

윤 형 돈(시인)

　한 지방의 모 문학지에 실린 작품 중 수필은 단 서너 편에 불과하고 거의 전부가 시(詩) 편향적인 작품 게재를 보고 자못 놀란 적이 있다. 자세히 보니 과거에 수필 깨나 썼던 분도 어느새 변신하여 버젓이 시랍시고 말하자면 시 흉내를 내고 있는 것이었다. 그러나 더 현실적인 이유는 대개의 행사가 시화전이다, 시낭송이다 시 편향을 부추기고 더욱이 인문학 버스정거장에 게시하는 장르조차도 시 작품 위주이고 보니 서로 경쟁하듯 그쪽으로 몰리는 사태를 낳고야 말았다. 하긴 시대적인 추이도 폰 안에 들어오는 짧은 문장을 선호하는 지라 수필쓰기는 그야말로 대단한 인내의 소유자만의 차지가 되고 말았다. 그렇다고 수필 쓰기가 그렇게 붓 가는 대로 막국수 말아먹듯 만만하다고 보는 게 아니라 요즘 추세가 그렇고 그렇다는 얘기다. 그렇다보니 요즘 수필 쓰시는 분들은 대단히 경이의 눈으로 쳐다볼 수밖에 없다. 하물며 자연과 인생을 관조하여 날카로운 지성과 감성으로 새로운 양상과 지향성을 명쾌하게 혹은 유머와 위트를 가미하여 제시하는 글을 읽노라면 절로 시든 가슴이 서늘해진다. 무엇보다도 수필이 잡문이 아니기 위해서는 문학적 정서를 획득하여야 한다. 수필은 엄연히 산문이지만 그 전체에서 하나의 시격(詩格)을 얻어야 한다는 말이다. 부단히 글을 연마하고 내공을 기르면 시적 영감의 산문적 형상화에 이를 것인데, 그 같은 경지는 아무래도 요원한 일이다. 사르트르는 말했다 '쓰는 행위는 산문을 통한 기도다. 세상을 규명하고 탐사하려면 산문을 써라' 그러나 세상을 규명하고 탐문하기 위해 세상의 산문 정신은 다 어디로 갔을까? 이에 결연한 응답이라도 하듯 이명주 수필가 첫 수필집을 상재하면서 그녀만의 소박한 도전에 나선 것을 진심으로 환영한다.

군산 근처에 오자 풍경이 바뀌고 굵직굵직한 건물들이 보이기 시작했다. 건물과 건물사이로 하루라는 간판이 휙 지나간다. 낯선 여행지에서 뜬금없이 하루에 꽂힌 것이다. 그것도 모텔상호에서 그 하루를 만난 것이다. 여행지에서 만난 하루라는 상호를 보고 난 피식 웃음이 나왔다. 하루가 내게 보낸 느낌은, 화르르 흩날리는 꽃잎의 가벼움과 모든 꽃잎의 화사함과 세상의 모든 화려함이었다. 나는 그 하루라는 상호에 갇혀 하루를 보냈다. 다음에 내가 수필집을 내게 된다면 「하루」라는 제목을 달 것이다.

— 「하루」 부분

참 이상한 일이다. 이명주님에게 '평'을 부탁받은 날은 공교롭게도 노재연 어르신에게 '하루치 삶의 무게'란 제목의 시조집을 선물 받은 날이었다. '이승의 문턱에서 소금 꽃 피워내듯 살면서 겪는 일마다 짐 아닌 게 없더라.'는 대목에선 노구의 연륜이 사무치게 느껴지고 '하루'라는 단어의 중량감이 묻어나왔다. 그러고 보니 오늘 '하루'는 어제 죽어간 이가 그토록 살고 싶었던 내일이었다. '하루하루 당신 볼 때마다 난 다시 태어나죠.'란 유행가사가 예사롭지 않은 오늘, 그러나 필자는 지금 익숙한 일상이 지루해질 무렵을 틈타 가까운 지인들과 문학기행을 떠나고 있다. 기행(紀行)은 원래 기행(奇行)이 많아야 재미있는 법. 끼가 많은 문인들이기에 꿀 재미는 선약이렷다. 차창가로 스치는 '하루'라는 상호에서 꽃잎 가벼움을 느끼고 참을 수 없는 존재의 가벼움을 만끽한다. 얼마나 그 '하루'에 꽂혔던지 수필집을 낸다면 제목을 '하루'로 붙이겠다는 각오까지 다지면서 말이다. 추억을 먹고 살기에 좋은 기억의 하루는 분명 다른 하루를 살아가는 데 따뜻한 보탬이 될 것을 확신하면서 말이다. 그리고 또 길을 묻고 날짜를 세고 다가올 운명에 번민하면서 감사한 마음으로 자신의 어깨를 토닥토닥 두들기며 스스로를 위로해 준다.

타조처럼 달려간 수탉은 행방이 묘연했던 암탉의 정수리 부분의 털을 다 뽑아버렸습니다 아마도 며칠간의 암탉의 알리바이가 성립되지 않았나 봅니다. 아, 저러다가 암탉이 죽겠구나! 걱정을 했답니다. 그렇게 끔찍하게 단죄를 내린 후에 수탉의 너른 날개 죽지에 고이 품어 데리고 가더랍니다

— 「수탉의 사랑 이야기」 부분

그렇다, 동물의 세계도 사람 사는 모습과 크게 다르지 않다. 집 나가면 걱정하고, 바람 피우면 질투하고, 속 썩이면 가슴 아파한다. 필자는 퀼트 전시장에 가서 '결혼'이란 제목의 미완성 작품을 보고 그 감회를 적었다. 결혼과 인생도 미완성이란 생각을 하면서 작품이 만들어지는 과정을 자신의 삶과 비교, 유추해 보면서 말이다. 문득 이중섭의 '부부'란 작품 속에서 청색 날개의 수탉과 홍색 날개의 암탉이 감격적인 재회의 입맞춤을 하고 있는 모습이 떠오른다. 버려진 형겊들을 모아 조각보를 만드는 마음으로 색채와 형태를 어울리게 하면서 배합의 슬기를 배운다. 사랑의 언약을 깨트린 벌을 혹독하게 치르게 한 후 다시 품는 모습을 스케치하여 만든 미완성의 '결혼'에서 용서와 지극한 사랑의 시련을 거쳐야 하는 인생은 미완성, 쓰다가 만 편지, 그래도 우리는 아름답게 살아가야 한다.

그녀가 속한 수원 축협에서 마련한 선진지 견학으로 가는 캐나다 토론토 여행도 예외는 아니었다. 평소 목축이란 생활

전선에서 열심히 젖을 짜던 필자에게도 떠날 자격이 부여된 것이다. 그것도 아싸바스카 빙하를 찾아가는 6박 8일의 여정, 그녀는 유년의 소풍처럼 흥분과 설렘을 안고 공항을 출발한다. 작가 본능으로 메모장은 기본으로 장착하고 떠났을 것이다. 13시간 시차에도 아랑곳없이 서른다섯 마리의 인간 소떼들은 맘껏 자유방임을 누린다. 상상불가의 거대한 호수가 전개되고 나이아가라 폭포는 천둥소리를 내고 그녀의 심장을 내리치니 우비를 입고 폭포 바로 밑까지 유람선을 타고 경이와 장엄의 순간을 맞이한다. 전체를 조망하기 위해 헬기를 타고 안개 협곡을 오르내리니 농장에서 찌든 때가 단번에 사라지는 쾌감에 그녀는 나이야, 가라! 외치고 싶다. 로키산맥 줄기인 나이아가라, 그 협곡에 콜로라도의 달 밝은 밤이 떠있고 리오그란데 강이 유유히 흐른다. 아이스와인을 마시며 이국적인 낭만에 흠뻑 취한다. 일정 높이만 자라는 수목한계선이 들어오고 호수에 수장된 인디언 가족의 슬픈 내력을 듣고 기도를 올린다. 그것은 세월호 참사를 위로하는 '천개의 바람이 되어'로 들리기도 한다. '나의 사진 앞에서 울지 마요 나는 그곳에 없어요 나는 천개의 바람, 천개의 바람이 되었죠' 슬픈 영혼은 시공을 초월하여 팽목항이나 '수장된 인디언 가족' 주변을 그렇게 맴돌고 있었다.

땅의 기운과 주위 산들의 위엄이 예사롭지 않더니만 드디어 컬럼비아 대 빙원의 아싸바스카 빙하에 도착하였다. 거대한 설상차를 타고 해발 2450미터높이에서 240미터의 얼음 두께위에 당당히 섰다. 빙하가 흘러내린 물의 유속이 빨라 걱정이 되었다. 지금 내가 떠나온 대한민국이 40도가 넘은 무더위에 정신을 차릴 수 없다는 데 이 빙원이 온전해야 모든 지구가족이 살기가 편해질 것 같아 마음이 무거웠다. 지구온난화가 가속되면 앞으로 어떤 재앙이 닥쳐올지 모를 불안감에 천근만근인 마음을 안고 다시 그 높은 설산을 내려오면서 세상에서 가장 아름다운 도로로 유네스코에 등재된 아름다운 길을 오래오래 눈에 담았다. 침엽수와 군데군데 옥색빙하수를 담은 호수와 빙원을 안고 있는 높은 산과 빙하가 보이는 산을 지나 끝없이 흐르는 보우강을 따라 도무지 현실 같지 않은 이 지역을 통과했다.

—「로키산맥 아싸바스카」 부분

  여행 일정을 모두 끝내고 돌아오니 목장의 소들은 축 늘어진 몰골로 주인을 기다리더란다. 그래도 내 나라, 내 목장이 좋고 평범한 일상이 경이로 다가오는 내 가족이 새삼 소중함을 진하게 느꼈을 터이다. 모국어 문장으로 책을 읽고 모국어 시집으로 저변이 따뜻해진다. 이게 모두 '한 순간의 부재(不在)'를 제대로 실천한 해외여행 덕분이다.

「그 여자는 어디로 갔을까」를 읽고 또 한 번 텅 빈 부재의 빈집을 생각한다. 일전에 영화로 본 '빈집'에 갇힌 여자 이야기가 새삼 두개골로 스멀스멀 기어 내린 것이다. 남편의 집착과 소유욕 때문에 피폐해지고 망가진 채로 유령처럼 살아가는 잔혹극이었다. 기형도의 '빈집'에서 사랑을 잃어버린 자아가 사랑할 때 함께 했던 모든 것들에게 이별을 고하고 그렇게 사랑을 잃고 세상과의 소통도 끊긴 채 절망하는 이야기가 본문의 '우울'과 상통한다. 빈집은 사랑의 추억과 열망을 상실한 화자의 공허한 내면을 상징하는 공간이었다. 일생 땅에 집을 짓지 못하는 칼새의 슬픈 운명을 타고났다. 허공에 집을 짓고 허공만이 그의 허파였던 영어(囹圄)에 갇힌 것은 비단 실종된 그녀뿐이랴! 검은 옷에 배낭을 멘 채로 어느 날 홀연히 뒷모습을 보이고 우리 곁을 떠나는 남자, 지나간 꿈과 열망의 마침표를 찍는 현실의 좌절감은 도처에 깔려 있다. 어디론가 사라진 그녀는 영원히 오지 않는 고도를 기다리며 다시는 오지 않을 화양연화의 계절을 찾아 떠나갔을 지도 모른다. 모든 생명은 그렇게 애절한 순환을 마치고 어디론가 가뭇없이 사라져 버린다.

  어느 날 그 여자에게 말을 건넸다. 시도 수필도 참 좋은데 왜 작품을 안 쓰는 거냐고 물은 적이 있었다. 여자는 무심히 말을 했다. 그 말은 아주 건조하게 들렸다. '남편이 죽고 나면 다시 쓸 거예요. 남편이 싫어해서요.' 그러더니 남편보다 먼저 가 버렸다. 깊은 우울증이 있었을까? 난 그것을 알지 못한다. 그리워서 여자를 찾아가면서도 눈치를 못 챘고 마지막 만남에서 많이 거칠어져 있던 여자를 보고서도 겪고 있을 깊은 우울을 알아차리지 못했다. 그 여자가 계속 시를 썼다면, 작품에 그 우울을 옮겨놓았다면 좀 더 견디기 수월하지 않았을까 그랬다면 극단적인 선택을 하진 않았을지도 모른다는 아쉬움이 많이 남는다.

　내가 좋아했고 특별했던 그 여자는 어느 날 흔적 없이 사라지고 삶은 갈수록 쓸쓸해진다. 마음 둘 곳 없으면 길을 나섰던 그 여자의 거처가 이제 이 세상 어디에도 없다.

─「그 여자는 어디로 갔을까」 부분

　기억나는 수필가들이 있다 안톤 슈낙의 「우리를 슬프게 하는 것들」의 첫 구절은 '울고 있는 아이의 모습은 우리를 슬프게 한다'로 시작한다. 시보다 더 시 같은 수필을 쓴 김기림의 「길」에는 '나의 소년시절은 은빛 바다가 엿보이는 그 긴 언덕길을 어머니의 상여와 함께 꼬부라져 들어갔다'로 회상한다. 몽테뉴의 수필이 경파(硬派)라면 찰스 램은 인간미가 넘쳐흐르는 연파(軟派)다. 「두 종류의 인간」에서 그는 인간은 빚을 지는 자와 빚을 주는 자가 있는데, 빚을 지는 자가 더 장대하다고 역설한 그의 위트는 하늘을 찔렀다. 그리고 일제치하 사회적으로 소외된 약자에 대한 연민을 그린 「달밤과 밤길」의 작가 이태준에겐 서정미와 인정미가 드러났다. 그러나 나는 여기서 제 나라 글자 제 나라 말을 사랑하지 못하는 사람은 제 어미를 사랑하지 않는 '못난 아들'에 비유했던 밝덩굴님을 자랑스레 언급한다. 글을 쓴다는 건 우리네 삶을 그 무엇으로 더 살찌게 하는 어떤 보람이 아닌가 생각하는 그였다. 『잃어버린 달』과 『부뚜 어머니의 사과』 수필집에는 유머와 해학과 시격(詩格)의 배알정신이 오롯이

배여 있다. 개인적으론 대학동문으로 시집 중 「건조주의보」
란 시를 딱 집어서 의미 있는 글이란 평을 손수 엽서에 보내
주신 기억이 새롭다.

　어느 날 양귀비 소지(所持)에 의한 미필적 고의 사건이 필
자에게 일어났다 '미필적 고의' 란 자가의 행위로 인해 어
떤 범죄 결과가 일어날 수 있음을 알면서도 그 행위를 행하
는 심리 상태를 말한다. 거기엔 물론 고의적 태만이 따른다.
필자가 사는 동네에 양귀비 밭 소유주가 마약류에 관한 법
률 위반 죄목으로 연행되어 실형을 살고 나온 때가 있었나보
다. 필자의 농가 하우스 끝자락에도 하필이면 양귀비 꽃 한
송이가 씨앗을 땅에 뿌려 개화했던 모양이다 어느 날 경찰의
호출을 받고 나서야 비로소 아차, 싶었다. 그때가 마침 마약
류 단속기간이라 경찰은 조서를 꾸미게 하고 피의자 신분으
로 몰아가 인정하기를 강요했던 것이다. 법이 없어도 살 문
인이 어쩌다 피의자 신분으로 둔갑한 그때의 심정은 어땠을
까?
　오비이락(烏飛梨落)이라고 난처한 위치에서 의심받을 처
지였으나 당황하지 않고 외려 혈기 남편을 잠재우고 깔끔하
게 일 처리한 사건으로 끝나긴 했다. 옳거니, 이처럼 세상을
규명하고 탐사하려면 산문(수필)을 쓰라고 했던가?

마침 그때가 마약류에 관한 일제 단속기간이어서 시골에 있는 하우스를 위주로 급습하여 양귀비 싹을 적발한다고 했다. 이미 여러 하우스가 적발됐다고 했다. 아뿔싸, 그때서야 지난해 보았던 양귀비꽃이 생각났다. 경찰은 성과를 올리기 위해 조서를 꾸미고 그 조서의 사실에 인정한다는 사인을 받아갔다. 며칠 후, 다시 화성서부 경찰서로 와 달라는 호출이 왔다. 경찰아저씨는 전혀 죄의식이 없어 보이는 여자 앞에서 당신은 피의자의 신분이라고 누누이 강조하면서 인정하기를 강요했다. 양귀비꽃, 너를 만지지도 않았고 단지 너를 본 죄밖에는 없는데 법적용어로 이것이 미필적 고의에 해당된다는 것인지 애매모호한 어느 봄날에 대한 이야기다.

지금도 봄이 오면 난 현기증이 난다. 그 양귀비꽃 싹이 돋아 날것만 같아 봄의 설렘이 주춤주춤 거린다. 양귀비와 양귀비꽃의 치명적인 매력의 덫에 걸린 것은 당 현종과 나와 닮아있다는 생각을 뜬금없이 해 보는 어느 봄날은, 졸음처럼 아직도 혼미하다.

　　　　　　　　—「미필적 고의에 관한 애매한 어느 봄날 이야기」 부분

올 봄 마당 한 켠에 목련꽃이 흐드러지게 피어있던 그 밤에도 나는 비현실적인 일로 설레었다. 느닷없이 멀리 살고 있는 초등학교 친구로부터 연락이 왔다. 거두절미하고 부탁을 꼭 들어줘야 한다고 못을 박았다. 내가 들어 줄 수 있는 부탁이면 그래야겠다고 생각을 했지만 난감했다. 그 친구는 오매불망 희망하던 며느리를 보게 됐다. 그 설렘을 담은 편지 한 장을 써서 며느리 손에 건네고 싶은 간절한 마음으로 책상 앞에 앉았지만 며칠 내내 한 자도 시작하지 못하다가 궁여지책으로 나한테 전화를 걸어왔다. 편지 한 장 써

서 결혼식 안에 보내달라는 전화를 받은 것이다. 그도 그럴 것이 편지 한 장 써 볼 여유 없이 사방팔방으로 뛰어다니면서 제법 단단한 기반을 마련하느라고 감성적인 감정과는 별개로 살아왔을 터였다. 아주 절박하고 애절하게 부탁을 해왔다. 글쎄, 내가 어떻게 네 부탁을 들어 줄 수 있을까?

—「나리꽃은 지천으로 피어나고」부분

초등학교 친구 며늘아기에게 대필한 작자의 글은 대성공이었다. 부탁을 들어줘서 고맙고 죽을 때까지 둘만의 비밀로 하자는 약속도 남겼다. 그 친구의 시부모 입장이 되어 목련꽃 피는 밤에 간절한 마음을 적은 것이다. 한 세상 살면서 우리는 참 많은 비밀을 갖게 된다. 비밀의 정원에는 갖가지 사연의 기화요초가 피어나고 때론 '국화'란 이름의 나리꽃이 지천으로 피어나 고단한 우리네 삶을 위로해 주고 간다. 작가가 썼으니 밑져야 본전이라고? 아니다, 그녀는 우정을 쓰고 인생을 받아 적은 것이다. 친구야, 그 날 이후 늦은 저녁 모서리에 여생을 낙서하는 날이 많아졌겠다.

내 인생과 오랫동안 함께한 목련나무가 이제 태풍이 불때마다 흔들린다. 이제 더 이상 목련나무를 지킬 수 없다는 판단을 했다. 가장 화사한 목련꽃을 달고 있을 때 내겐 특별했던 목련나무의 밑 둥을 잘라야했다. 화사한 봄날에 설레던 바람을 잠재우고 조용히 누워버린 거목의 끝을 보면서 생각했다. 그 만큼의 꽃 피웠던 시간을 누렸으면 이젠 됐다. 할 수 없을 땐 겸허하게 그 시간을 받아들여야 한다는 비장한 각오로 그 시간을 받아 들였다. 어느 날 예고 없이 받아들여야 할 그 시간이 죽음일지도 모른다는 생각을 동시에 했다. 목련나무의 마지막 시간에 나는 내 인생의 마지막 시간이 오버랩 되었다. 내 마지막 시간도 '이젠 됐어, 이만하면 충분해' 그리고 혼자 조용히 중얼거릴지도 모르겠다

—「길 위에서」부분

   작자는 언젠가 모 문학상 수상소감에서 글을 쓴다는 일은 삶을 살아내는 일과 같다는 생각을 한다고 했다 삶과 글이 서로 유기적으로 충돌하고 화해하면서 좀 더 따뜻한 삶을 살아내는 것, 좀 더 따뜻한 감성을 가진 수필인의 삶을 살아가면서 주변인들까지 함께 따뜻해지는 삶을 살고 싶다고 했다. 그녀는 지금 그런 류의 따뜻한 글을 쓰고 있어 다행이다.

   이렇게 눈이 많이 내리는 날엔 이 십리 길 상주 읍에서 들어오는 버스가 끊기고 사람들은 순례자처럼 그 먼길을 걸어서 문경새재만큼이나 높은 재를 넘어오곤 했다. 올해처럼 눈이 많이 내린 겨울에 높은 우산 재를 어떻게 넘어 다녔을까 걱정을 했다. 귀소본능이 그 시절의 사람에겐 더 절실했던 것인지, 아침에 첫 차를 타고 읍으로 나간 사람은 모두가 마지막 버스로 돌아왔다. 누가 읍내를 갔다 왔고 무슨 볼일로 갔는지 동네 사람들의 관심거리었다. 정신없이 놀다가도 저 만큼 버스가 보이면 버스 정거장으로 내 달렸다. 버스에

서 내리는 사람을 구경하는 일이 제일 신나는 일이었다. 그 때는 사람에 관심이 많았던 시절이었다. 올 가족이 없는데도 그 버릇은 계속됐다. 하루 몇 번씩 사람들을 싣고 떠나고 그리고 돌아온 사람들을 연기처럼 쏟아내고 떠나는 일은, 정지된 화면이 움직이는 것만큼 동네를 술렁술렁 살아 움직이게 했다.

— 「고향으로 가는 마지막 버스를 타고 싶다」부분

필자의 고향은 상주, 폭설로 버스가 끊긴 날은 읍내 갔던 사람들이 순례자의 행렬이 되어 재를 넘고 어둑어둑해서야 귀가하던 풍경이 눈에 선하다. 딱히 무슨 볼일이 있어 나간 것은 아니지만, 한 번 첫차를 타면 으레 막차로 귀가하기 마련이다. 저 멀리 버스가 지나가는 기미가 보이면 냅다 야생마처럼 버스 뒤꽁무니를 좇아 낄낄거리며 뒤따르기도 했다. 누가 나들이를 다녀오는지 괜히 내 일처럼 궁금하여 설레발치던 시절이었다. 시골에서 입시를 위해 수원으로 상경했다가 그러구러 훌쩍 30여 년이 지나갔으니 필자에게 흘러간 세월은 그저 야속하기만 했을 터이다. 그래도 그 각박한 객지 생활에서도 고향 사람은 누구나 다 용서가 되었다. 그래서 애향하는 마음은 늘 수구초심(首丘初心)아니던가!

전례 없는 폭설로 생업인 축사(畜舍)가 무너졌을 때는 어딘가 의지하고 싶은 마음에 어미처럼 포근한 고향 생각이 더욱 간절했을 것이다. 속리산에서 발원한 물줄기와 저녁노을 마을에 드리운 산 그림자는 그녀의 귀소본능을 자극하는 최대 원천이었을 게고. 더욱 희대의 사건은 마을에서 유일한 여학생으로 토요일 오후 자취 보따리를 들고 막차인 만원버스를 타고 귀가할 때 일어났다 아무리 찾아도 호주머니에 있어야 할 그 놈의 차비가 사라져 버린 것이다. 결국 하차하는 수모를 당해야 했는데, 어떤 남학생이 돌연 흑기사처럼 뒤따라 내려 일몰의 귀가 길을 동행해 주더란다. 사춘기라 둘의 마음은 구름 위를 산책하는 듯 싱숭생숭 했을 것이고 저자는 그때 일을 기화로 '지금도 길을 내주고 있을 큰 산의 넉넉한 인심'이란 회고의 정을 건져 올리는 성과를 거둔다. 사실 그렇게 그리던 고향도 막상 찾아가면 옛날 꿈에 그리던 그런 곳은 아니라서 시가 되고 노래가 되고 누구에겐 울화병이 도진다. 비록 그럴지언정, 저자는 지금 유년시절의 기행이 못내 그리워 '고향으로 가는 마지막 버스'를 타고 싶어 한다. 부서지기 쉬운, 그래서 부서지기도 했을 타향의 마음이 동승하는 것이다.

 하나 뿐인 아름다운 이 지구를 지켜가야 할 방도를 어느 때보다도 심도 있게 논의 하고 실천하고 점검하면서 지구가족이 함께 해결해야 할 절체절명의 시간을 맞았다. 봄은 왔지만 봄의 설렘은 저당 잡힌 채 우울한 날에 들려오는 벚꽃엔딩의 노래가 희망이었다.
　　　　　　　　　　　　　 ―「먼길 돌아온 손님처럼 봄날은 왔다」부분

 병든 지구에 '코로나 19' 비상이 걸렸다. 하나뿐인 지구는 지속 가능한 지구텃밭을 보존하라고 명한다. 봄의 어원인 '본다는 것'은 하나의 의미를 나타낸 것이다 보고 싶지 않은 것, 무의미한 것을 보면 우리는 눈을 감는다. 적어도 우리가 무엇을 '본다는 것'은 선택했다는 것이며 그 가치를 찾아냈다는 것이다. 봄을 믿는 자보다는 봄을 느끼는 사람이, 봄을 느끼는 자보다 봄을 노래할 줄 아는 사람이 더욱 행복하다고 했던가. '벚꽃엔딩'이란 노래는 사실 봄을 즐기는 커플들을 질투하여 빨리 꽃이 지기를 비는 고약한 마음에서 만들어졌다고 한다. 그러나 웬걸, 만든 이는 해마다 봄이 오면 벚꽃 연금을 받을 정도로 대박이라니 사계에서 봄이 빠지지 않는 한 그 노래의 연금수혜는 영원할 것이다.

볍씨를 파종하고 씨감자를 심으며 버스커의 노래를 읊조린다. 그럴 때 그녀의 삶은 율려(律呂)의 가락처럼 윤기가 흐른다. 쌍둥이 손자손녀를 위해 깜짝 생일 선물을 뜨개질 하며 행복하게 늙어가는 할머니의 근사한 여유가 '봄날' 아닌가! 또 옥수수를 파종하며 목장 인부들 먹거리를 저장하고 노동의 새벽은 그렇게 무진기행의 안개처럼 자욱하니 생의 속살을 드러낼 듯 말 듯하면서 '봄날은 그렇게 우리에게 왔다'고 낮은 속삭임을 던지고 간다.

"가도 가도 끝이 없는 인생길은 몇 구비냐 유정 천리 꽃이 피네 무정 천리 눈이 오네~" 미스터 트롯에서 '보릿고개'처럼 목 놓아 불렀을 흘러간 유행가를 기억한다.

저자는 결혼과 동시에 목련나무 몇 그루도 심었다. 목련꽃 그늘 아래서 시어머니 환갑잔치도 치르고 했으니 한 식솔이나 마찬가지였다. 인생이 참 새옹지마(塞翁之馬)라더니, 그

때껏 잘 버텨 준 나무가 태풍에 뿌리째 뽑혀버렸다. 할 수 없이 목련꽃을 달고 있을 때 눈물을 머금고 나무밑동을 잘라야 했다. 그리곤 그녀 인생의 마지막처럼 칭찬해 준다. '이젠 됐어, 이만하면 충분해' 그 얼마 후 그녀는 생명줄과 같았던 목장 일을 접는다. 도시화 바람에 축산업도 입지가 좁아진 탓이다. 허전한 마음을 가눌 길 없어 무조건 남편과 자전거 페달을 밟았다는 데 그 통쾌한 기분을 어찌 가늠하리오! 그동안 노동의 시간에 최선을 다했고 이젠 '길 위에서' 글과 그림을 맘껏 그리려 다짐한다. 지금껏 시도하지 않았던 남편의 실루엣을 시나브로 완성할 차례가 되었다.

 "너무 멀리가면 엄마가 걱정을 할 것 같아요." 집으로 가고 싶다는 다른 표현이다. 그러면 우리는 지체 없이 소민이의 청을 들어준다. 그것으로 할머니와 할아버지와의 데이트는 다음으로 미루고 손자는 걸리고 손녀는 업고서 세상에서 가장 아름다운 풍경의 프레임 속에서 걸어 나온다. 우리는 나이를 먹어 더 이상 빛나지도 화사하지도 않고 얼굴은 주름지고 머리는 하얗게 탈색이 되고 눈은 침침해지고 귀는 어둠과 밝음이 혼재하다가 다시 회복 할 수 없는 시간 속으로 걸어가게 될 것이다. 그럼에도 불구하고 늙어가는 시간까지도 위로받을 수 있는 것은 불가사의한 이름으로 온 우리들의 귀하고 어린 손님, 손주 때문일 것이다.

—「세상에서 가장 아름다운 풍경 속을 걷다」 부분

지용소민은 눈에 넣어도 아플 것 같지 않은 여섯 살배기 쌍둥이 손자손녀의 이름이다. 자식에 자식이니 피붙이에 딸린 귀염과 사랑의 정도가 가히 상상을 불허하겠다. 아들 내외가 모처럼 온전한 휴가를 획득할 절호의 기회를 잡기 위해서는 죄 없는 조부모가 '독박육아'라는 천명을 기꺼이 감당해야 하는 조건이 따른다. 그것은 즐겁고 유쾌한 가문의 불문율이다. 할아버지는 손녀를 번쩍 안고, 할머니는 손자를 등에 업고 동물농장이며 들길이며 놀이공원이며 순회공연을 시작한다. 유모차와 씽씽카와 네발 자전거가 가는 곳이면 어디나 이끌려 철없는 두 늙은이는 때늦은 데이트를 덤으로 누리는 행복감에 젖는다.

'너무 멀리 가면 엄마가 걱정을 할 것 같아요.' 이 한마디에 두 노인은 절로 자지러지고 감읍하여 그야말로 '세상에서 가장 아름다운 풍경'의 한 장면을 생활 현장에서 목격하게 되는 것이다. 어느덧 이완된 늙은이의 시간 속에 어느 날 갑자기 불가사의한 모습으로 현신(現身)한 어린 두 꼬마에게서 작자는 장차 도래할 천국의 환영을 보았을 게 틀림없다.

결(結)

내가 매일 산책하는 호수공원 둔덕으로 '꼬리 명주나비 복원지역'이 있다. 명주 나비가 자취를 감추었다는 것인데 '명주' 작가는 오늘도 엄연히 삶의 현장에서 어김없이 애정 어린 글들을 쏟아내고 있다. 설령 훼손된 과거의 소재들도 머지않아 본연의 모습으로 복구되어 활자화되리라 믿는다. 그녀의 글들 행간 곳곳에는 인생과 자연, 일, 친구 그리고 손주손녀를 사랑하는 애정의 마음씨가 근간으로 덧대고 있다. 첫 번째로 상재하는 수필집임에도 글쓰기의 탄탄한 기저를 확보하고 있음에 놀랐다. 글쓰기에 무슨 교과서가 있을까마는 이명주의 글에는 소소한 일상을 솔직하고 담백하게 규명하고 탐사하려는 산문정신이 충만하다. 여기에 유머와 위트, 인간에 대한 연민의 정(pathos)을 넌지시 버무려 넣으면 더 이상 바랄 나위 없겠다. 몽테뉴의 '수상록'은 너무 따분하고 엘리야의 수필은 고루하고 이태준의 '무서록'과 피천득의 '인연' 아니, 지척에 계신 밝덩굴의 '잃어버린 달'과 '부뚤 어머니의 사과'는 낭만적이고 서정적인 수필인생 그 자체이다. 날마다 새벽을 깨워 꿈의 페달을 밟고 떠나는 제 2의 수필집을 기대한다.

먼길 돌아온 손님처럼

2020년 09월 20일 초판 1쇄 인쇄
2020년 09월 30일 초판 1쇄 발행

—

지은이　이명주
펴낸이　강송숙
디자인　더블유코퍼레이션
인　쇄　더블유코퍼레이션
펴낸곳　오비올프레스

—

ISBN 979-11-89479-05-3

—

출판등록　2016년 9월 29일 제 419-2016-000023호
주　　소　강원도 원주시 무실새골길 52
전자우편　oballpress@gmail.com

이 도서의 국립중앙도서관 출판예정도서목록(CIP)은 서지정보유통지원시스템 홈페이지(http://seoji.nl.go.kr)와
국가자료공동목록시스템(http://www.nl.go.kr/kolisnet)에서 이용하실 수 있습니다. (CIP제어번호 : CIP2020033719)